托木尔峰下

杨志民 著

新疆人民出版社
（新疆少数民族出版基地）

图书在版编目(CIP)数据

托木尔峰下/杨志民著.—乌鲁木齐:新疆人民出版社,2024.7

ISBN 978-7-228-21268-2

Ⅰ.①托…　Ⅱ.①杨…　Ⅲ.①散文集－中国－当代
Ⅳ.①I267

中国国家版本馆CIP数据核字(2024)第028229号

托木尔峰下

TUOMUER FENG XIA

策　　划	孙祁娟	装帧设计	王　洋
责任编辑	孙祁娟	责任技术编辑	那孜古丽·阿克山拜

出版发行	新疆人民出版社 (新疆少数民族出版基地)
地　　址	乌鲁木齐市解放南路348号
邮　　编	830001
电　　话	0991-2825887(总编室)　0991-2837939(营销发行部)
制　　作	乌鲁木齐捷迅彩艺有限责任公司
印　　刷	新疆新华印务有限责任公司

开　　本	710mm × 1000mm　1/16
印　　张	13
字　　数	150千字
版　　次	2024年7月第1版
印　　次	2024年7月第1次印刷
定　　价	52.00元

目录

上篇　守望阿克苏

下篇　西域·龟兹

上篇 「守望阿克苏」

第一章 守望阿克苏

一

一条将古印度、希腊罗马、波斯和汉唐四大文明联结沟通的伟大丝绸之路，造就了地处塔里木盆地北缘这个曾创造了古代璀璨龟兹文明的神奇地方——阿克苏。同样，一条写进中国地理教科书的著名河流——全长2179千米的中国第一长内陆河——塔里木河，它奔流不息的滔滔河水纵贯阿克苏大地，仿佛一条绵长的锦带，将散落在这片土地上的历史人文和自然山川串连在一起，装扮着独具魅力的阿克苏。

天山，一座无与伦比的伟大山脉，古代行旅者心中的圣山。在我们居住的这个地球北纬40度以上的地区，天山是最高、最大的山脉。世界自然遗产托木尔峰是天山之王，海拔7443米。以它为中心，环周拱卫十多座海拔6000米以上的高峰，从天空俯瞰似圣洁吉祥的雪莲花。

位于天山、昆仑山和阿尔金山之间的塔里木盆地，是中国面积最大的内陆盆地，其多样而美丽的自然景观和独具魅力的人文景观，使其成为中国西部一颗耀眼璀璨的明珠。雪山、沙漠、绿洲，这些在自然界截然不同的地貌竟然如此和谐地共存于此而不可分割；同样，在数千年的人类历史进程中，不同的文明在此汇聚，互相包容吸纳并创新，由此而产生出生命力极强的不同于他地的人文生态。英国历史学家汤因比因此将塔里木称作人类文化的汇聚之地。

二

在历史长河中，龟兹曾是丝绸之路新疆段塔克拉玛干沙漠北道的重镇。汉朝西域都护府、唐朝安西都护府都曾长时间设于龟兹，其一度是中原王朝统辖西域的政治、军事、文化中心。

唐玄奘在《大唐西域记》里这样描述龟兹："屈支国（龟兹国），东西千余里，南北六百余里。国大都城周十七八里，宜穈麦，有粳稻，出蒲萄、石榴，多梨、柰、桃、杏，土产黄金、铜、铁、铅、锡，气序和，风俗质，文字取则印度，粗有改变。管弦伎乐，特善诸国。"佛教早在公元前1世纪就已经传入龟兹，到1世纪中叶广为传布，"道震西域，声被东国"，龟兹成为西域佛教中心之一。佛教的鼎盛，使风格独特的石窟寺艺术和"特善诸国"的龟兹乐舞，构成了光耀千秋、闻达四海的龟兹文化。

龟兹佛教艺术的成就，突出表现在其规模宏大的龟兹石窟群中丰富多彩的壁画与造像艺术。现存留800多个洞窟的龟兹石窟群是东方佛教艺术的宝库，也是中国佛教艺术传播发展的重要阶梯和桥梁。

最著名的世界文化遗产有克孜尔、库木吐拉、森木赛姆等16处石窟寺，壁画遗存2万余平方米。坐落在渭干河苏格特峡谷内绵延约2千米的明屋塔格山崖壁上的克孜尔石窟，是龟兹石窟艺术中最杰出、最典型的代表。克孜尔石窟保存数量最多，已编号石窟236个，现存壁画总面积超过4000平方米。它开凿于公元3世纪末，9世纪后开始衰微，最终至13

世纪完全废弃。

建于魏晋时期的苏巴什佛寺，玄奘曾在此讲经布道两个月，后有精美绝伦表现龟兹乐舞的彩漆舍利盒出土，现藏日本奈良博物馆。

佛经翻译大师鸠摩罗什就诞生在这片古老神奇的土地。公元344年，出生于龟兹的鸠摩罗什，在中国佛教史上与真谛、玄奘、不空齐名，并称四大佛经翻译家。公元383年，前秦大将吕光兵破龟兹，掠鸠摩罗什至河西凉州。弘始三年（401年）鸠摩罗什被后秦姚兴迎至长安，待以国师之礼，请入逍遥园中，与800名弟子率领着近3000人，开始了中国历史上第一次规模空前的译经活动。在短短十几年中，鸠摩罗什传译和阐发了近400卷佛教典籍。他是中国历史上得印度佛学并按本来面目将其介绍到中原的第一人，对六朝时期中国佛学的繁兴以及隋唐佛教诸宗的形成，起到了至关重要的作用。

风靡古代亚洲的龟兹乐舞是古代龟兹的艺术高峰。龟兹乐舞第一次大规模输入中原，始于前秦大将吕光出征西域，带回了大批龟兹歌舞艺人。龟兹音乐家苏祗婆带入中原的龟兹乐理“五旦七声”，对北周及隋唐的音乐文化产生了深远的影响。隋唐时期的龟兹作曲家白明达进入中原后，颇得隋炀帝宠幸。他创作的乐曲“掩抑摧藏，哀音断绝”，至唐代尚有流传。至隋唐时期龟兹乐舞在中原的美誉达到高潮，成为隋唐宫廷九部乐中的重要一部。听龟兹乐，赏龟兹舞，成为当时的时尚。以龟兹乐舞等为代表的西域艺术为中原输入了崭新的艺术成分，成为中国文化艺术的重要源流之一。唐代“胡风”盛行，龟兹乐舞满足了诗人、艺术家们对西域的幻想。而众多诗人如李白、杜甫、白居易等在他们的诗中对龟兹乐舞的生动描绘，更让龟兹乐舞成为盛唐时期一种具有影响力的乐舞。龟兹乐舞对隋唐时期的音乐、舞蹈、杂技、戏剧的发展和繁荣产生过重大的影响，并波及日本、朝鲜、印度等国家。在维吾尔族传统古典音乐《十二木卡姆》中，仍然能觅到古龟兹乐舞的踪影。

烽燧是我国古代长城防御体系的重要组成部分。夜里点火为“烽”，白日放烟为“燧”，烽火狼烟一起，警报一路传递下去，直达长安。在距库车市西北12公里的盐水沟东岸，高高矗立着建于2000多年前的西汉烽燧——世界文化遗产克孜尔尕哈烽燧。它是古丝绸之路北道上建造时间最久远、保存最完好的烽燧遗址。乌什县别迭里烽燧是新疆境内位置最西的烽燧。2000年，中国长城学会、中华全国集邮联合会、北京市邮政管理局将别迭里烽燧收入《万里长城百关纪念封》，作为中国万里长城西端最尾部、古代中国军民保卫边疆的历史见证。

三

阿克苏不仅有丰厚的历史文化底蕴，还有雄浑壮美的自然景观。著名红学家冯其庸先生如此赞美阿克苏之瑰丽风光：“看尽龟兹十万峰，始知五岳也平庸。他年欲做徐霞客，步遍天西再向东。”

国家级风景名胜区和国家地质公园天山托木尔大峡谷是新疆天山托木尔世界自然遗产的重要组成部分。走进大峡谷，高耸的红崖赤壁和千姿百态的石峰石柱，给人带来强烈的视觉震撼。

天山是个隐秀藏美的地方，帕克勒克草原便是隐藏在古道雪峰间一块绿莹剔透的宝玉，尤其是盛夏季节，雪岭云杉林、绿草鲜花泉流以及蓝天白云构成了一幅宛如仙境的画卷。

库车天山神秘大峡谷曲折藏秘，怪石嶙峋，涧流潺湲，风声呼号，具有“惊天地泣鬼神，伟岸刚劲，怡然壮烈之美”。《后汉书·西域论传》云：“神迹诡怪，则理绝人区。”我说，这是大地给人类的恩赐！

天山大小龙池，位于库车河上游阶地，是天山南麓高山湖泊，海拔分别为3100米和2390米。大龙池湖面面积2平方千米。在风的作用下，湖面波澜起伏，犹如蛟龙翻搅。《大唐西域记》中记载："国东境城北天祠前有大龙池，诸龙易形交合牝马，遂生龙驹。"又载："城中无井取彼池水。龙变为人与诸妇会。生子骁勇走及奔马。"这大概是道出了此池为何称为"龙池"的缘由。

天山神木园位于托木尔峰西南侧温宿县境内海拔1700米的山前戈壁阶地上。园内古木森严，泉涌四溢，流水潺潺，芳草萋萋，数百株千年古树形态各异，令人惊叹。"五岳归来不看山，神木园归来不看树。"伫立神木园留雁亭，远眺库玛拉克河与托什干河汇流而成的阿克苏河向塔克拉玛干大沙漠奔流而去。阿克苏河就是吴承恩笔下的流沙河，沙僧在此归顺了唐僧，和师傅一同向西取经。《西游记》中有诗云："八百流沙界，三千弱水深。鹅毛飘不起，芦花定底沉。"

沙漠胡杨，在严酷自然环境中顽强生存的不屈精神为人们所赞美。在塔里木河中段的沙雅县，保存着面积达340万亩的原始胡杨林和大量湿地。每到秋季，塔克拉玛干沙漠和塔里木河畔那金色的胡杨，其美之壮烈，摄人心魄。

四

古代丝绸之路谱写的壮美诗篇虽然已凝固为夕照下悲壮的关隘和烽燧，但回荡于天际的一首关于塔里木河的歌，永远高亢嘹亮地唱道："塔里木河，母亲的河……"在这条波澜壮阔、像血脉一样奔流的大河两岸，生活着勤劳勇敢的阿克苏各族人民，他们就如同胡杨，以无比的顽强和坚韧，守望着这片古老而年轻的大地，用汗水和智慧浇灌出璀璨绚丽的大漠之花。

塔里木河，是生命的河，孕育着塔克拉玛干大沙漠的绿色生命，繁育出塔里木河流域各绿洲独具魅力的文化。

塔里木河，是沟通东西方文明的河。正由于有了塔里木河，才有了欣欣向荣的塔里木盆地，丝绸之路才成为人类历史上伟大的东西方文化交流的通道。

塔里木河，是人类文明交流交融之河，输出了中华文明，让中国在两千多年前走向世界，亦使中国了解世界。

塔里木河，它不仅记录了丝绸之路的历史，更承载了中国古代汉唐时期开拓进取的历史。一条河流就是一部历史，它永远在中国西部大地上奔腾不息。

几千年来，在这片神奇的大地上，众多民族繁衍生息，形成了多民族聚居相互依存又相互交融的局面，并由此衍生了多元一体的中华文化。

阿克苏，一个值得用一生去体味的地方。

第二章　河与城

一

古代先圣老子说，上善若水。

人类与人类文明都与河流相关，或随河流生长而生长，或随河流湮灭而湮灭。

阿克苏河是新疆三大国际河流之一。发源于天山山脉的托什干河和库玛拉克河从高山急速奔流而下，切割开裂山脉，冲过隘口，一口气也未停歇，漫开宽阔的河滩，穿越科克沙勒岭后流入中国境内，然后在温宿县帕合抵村以南汇流而成了阿克苏河。

阿克苏河在两河交汇后变得宽阔而优雅，河水呈现出淡淡的乳色，含着沙子，用双手掬起喝入口中略有甜味。河流出高山时暴躁湍急，而汇合后流过阿克苏西面时却沉稳舒缓。

阿克苏市建在阿克苏河的右岸上，换句话说建在河的东岸12千米的冲积平原上。这是一座迎着太阳，与雪峰、大河共生的水韵之城。“阿克苏”意为清澈奔流之水，其是新疆唯一以水命名的城市。它背倚天山之王托木尔峰，右揽三河（托什干河、库玛拉克河、阿克苏河），左抱也是三河（台兰河、喀拉玉尔滚河、克里雅河），俯瞰塔里木盆地。

阿克苏河西北向的左岸是茫茫戈壁和有着陡峭山崖的阴干山，再往远处，是无边无际的山前戈壁和著名的胜利渠畔生机勃勃的林地田野，这些构成了太阳西下时绿与褐黄两色截然分明的地平线。

阿克苏坐北朝南，守着一条大河，护着一座大山。这座气候宜人的水韵之城，四季分明。这里有平坦如砥的大街，也有曲折幽深的小巷，还有王三老街焕发出的青春诗行。水是这座城的魂，山是这座城的骨。

高楼大厦和巍峨雪山同框，到底是一种什么样的景观？阿克苏就是一个能够看到雪山的边城——黛色的天山主峰托木尔峰和它周围的十数座雪峰，阵列在阿克苏的北方，无论你身处高楼之上或城市道路之中，向着北方，就可以看到天山群峰震撼身心的壮美。

其实，阿克苏市是一座新城，在清朝时称“满城”或“汉城”，其老城即是如今的温宿县城，称“回城”，建于乾隆年间。光绪九年，即1883年，一个初春的清晨，数十骑快速出回城南门，扬起的尘土很快遮蔽了骑士的背影。时任阿克苏兵备道员的罗长祜率领一干随员，骑马踏勘离老城12千米，距阿克苏河也是12千米的平原，马蹄带起的土是湿润的肥沃的黄土。往北望去，托木尔峰及汗腾格里峰等众多雪山威严耸立。向西，在太阳的照射下如白练般闪烁的阿克苏河，在料峭的西北风吹拂下，由北向南缓急有致地流过。罗长祜叹道：此乃风水宝地，宜作新城！于是，在阿克苏河东岸大兴土木。城建成后，遂作阿克苏分巡兵备道、温宿直隶州及阿克苏道署和总兵署驻地。

秦汉之际，阿克苏为温宿、姑墨的一部分。西汉神爵二年（前60年），遂属汉朝。东汉时为龟兹辖地。在历史上所称的西域南八城中，阿克苏居中，起着联络声气、交流经济的重大作用。

据《温宿府乡土志》记载，1883年阿克苏兵备道员罗长祜修建的新城，城周950丈，约2850米，城墙高2.25丈，约6.75米，有雉堞（古代在城墙上面修筑的矮而短的墙，守城的人可以借以掩护自己，也泛指城墙）752个。城有四门，东为朝阳门，西为挹爽门，南为迎薰门，北为承恩门。维吾尔族群众习惯称东、西、南、北门为库车代热瓦扎（即库车门）、古里巴格代热瓦扎（古里巴格门）、喀什噶尔代热瓦扎（喀什噶尔门）、阿克苏代热瓦扎（阿苏克门）。1952年，阿克苏开始现代城市建设，拆除城墙。现如今，老城墙几近无存，仅在第一师招待所院内和行署东院一栋住宅楼后，还尚存20米左右的残墙及一棵见证历史的古白杨。

阿克苏旧城四门大体是东至今健康路，西至今地区公路局（第一师招待所与行署西院间尚存残墙），北至今世纪商厦与新华书店间（行署东院紧临新华书店存有残墙），南至今阿克苏市第二小学前的团结路。

二

清道光六年（1826年）七月的一个清晨，阿克苏办事大臣长清像往常一样登上城头，俯视黎明中黄色的大地。他的心中十分不安，流亡中亚浩罕国的大和卓波罗尼都之孙张格尔在浩罕国的支持下屡犯南疆，先后攻占喀什噶尔、英吉沙尔、叶尔羌、和阗。接着，张格尔叛军数千人东犯，企图占领阿克苏。叛军攻占了位于阿克苏河西岸的都齐特军台，清将王鸿仪及部属近百人战死。这时，军报已到，叛贼张格尔的军队攻占柯尔坪（今柯坪）后已兵至浑巴什河（今阿克苏河），进逼阿克苏。长清率数百骑兵在浑巴什河东岸扬尘鼓噪，故布疑阵。张格尔叛军攻到西岸，以为清军势大，不敢贸然渡河。锡伯营总管额尔古伦被派率部渡河迎敌，杀敌百人。战事一直延续到了九月中旬。张格尔叛军6000余人数次企图强行渡河，占领阿克苏，均被额尔古伦率锡伯营官兵击退。张格尔叛军再次分四股强渡，清军列阵，火铳齐发，叛军死伤惨重，兵败退至柯尔坪庄。十月，伊犁将军长龄、陕甘总督杨遇春、山东巡抚武隆阿率各省官兵3万余人抵达阿克苏。次年二月，清军横扫盘踞在喀什噶尔的张格尔叛军。浑巴什河之战，有沙雅300群众组成队伍参战及喀喇沙尔的土尔扈特、和硕特部1000余人自备马匹、枪械随军出征，受到清廷褒奖。同时，清廷自乌鲁木齐、伊犁等地调运粮草，数千各族民夫和数万马、驴、骆驼经木扎特古道运输粮食及从中原转运火药和军械。

这段史实永久地留在了阿克苏河的历史上。张格尔叛军曾数十次渡河的渡口而今在何处？清军将领锡伯营总管额尔古伦杀敌之战场又在哪里？我站在阿克苏河上的西大桥望着西岸隆起的崖壁，浑浊的河水从脚下翻滚着向浑巴什军台所在的洋瓦力克流去，我仿佛看见驻守都齐特军台的王鸿仪将军率领士兵与叛军奋力搏杀的情景，怒吼声与惨叫声不绝于耳。血色黄昏里王鸿仪将军脚下尸积如山，他浑身鲜血，怒目圆睁，在生命最后的时刻身体仍然挺立向前。我悲怆万分，眺望掩埋着忠烈的大地，英雄的坟茔何处能觅？我点燃一支香烟放在身边一块石上，遥祭壮士。这时，在遥远的地平线上，如血残阳西下。

在阿克苏河的东岸，曾坐落着清道光七年（1827年），为纪念平定张格尔叛乱胜利，道光帝下旨修建的一座河神庙和一座昭忠祠。林则徐于道光二十五年（1845年）赴阿克苏踏勘垦荒事宜时，在日记中详细记述了建河神庙和昭忠祠的缘由：“缘六年夏季，逆回张格尔自喀什噶尔起事，西四城俱陷于贼，贼众数千猝至，而阿克苏仅数百兵，正恐难敌，忽大风从我军后起，尘沙蔽天，贼疑大兵继至。向西遁去，我军追杀无算。贼欲乘夜渡河，河勿大涨五六里，贼不得渡。及水稍落，贼方半济，而急湍勿至，淹毙者无算，贼惧西奔，东四城遂得无恙，奏闻得旨秩祀。此庙所以建也。昭忠祠中，祀阵亡参将以下至兵丁数百人，皆是年从征回疆者。彼时兵气尚扬，追思往事，为之一慨！河神庙外，周围皆大柳树，夏日可纳凉。”时光飞逝，自庙宇修建时起至今已有近200年。庙宇祠堂俱废，忠烈之灵今安在？为之感慨！

三

多浪河原本为人工渠，何时开凿无史书记载。《汉书·西域传》载“汉徙已校屯姑墨”，而姑墨即今温宿县、阿克苏一带，可知此为西域最早屯田的地区之一，当时应建设有水利工程。多浪河由北向南穿过阿克苏市区，全长76千米，最终注入多浪水库，因上游集沿河众多泉水，故常年不冻。阿克苏市因阿克苏河而得名，却因这条多浪河而生机勃勃。原先的多浪河上有两座桥，一曰白桥，一曰红桥，两座桥都是木桥。站在红白二桥上望去，河的两岸高矮不齐的用土坯或砖石砌成的房屋，并无特色和区别地堆集在一起，构成杂乱无章的居民区。

如果没有强大的外力去推动变革，多浪河两岸的一切将依然如故且循环往复。2006年，阿克苏市启动了多浪河景观带改造工程。经过几年的建设，多浪河区已形成集文化、旅游、观光、运动、休闲于一体的文化带和经济带。

如今，多浪河两岸的旧韵风景已经不再，但河水依然流淌。原先从乱石堆砌的河岸中流过的河水，而今矜持而优雅地漫过一道道橡胶坝，舒缓地或直或曲地在混凝土浇筑的河岸中流淌。河水也变得清澈。两岸风景如画，茂盛的树木花草与高耸的造型时尚的排排高楼构成了新的风景。入夜，河的两岸灯火灿烂，人们在河边漫步，欣赏夜景。有情侣躲在暗处的树林里，不远处有音乐响起，轻柔曼妙。暗夜中的多浪河就像一首散文诗或小夜曲，如水一般漫过人们的心头，柔软而温暖。

黎明时的多浪河在如纱幕般的晨雾中显露出秀美的轮廓。红桥——昔日的木桥已变成钢筋混凝土构造的宽阔的现代大桥。顺着自然曲折、线条优美的东岸前行，可见河畔临水的“凤鸣九皋”的大型青铜雕塑。它高达十几米，昂首朝北，身后便是形若展翅欲飞的凤凰广场。两者相互映衬，彰显出百鸟之王——凤凰这个中华传统文化中典型图腾的象征意义——尊贵、吉祥、美好。

循河而下，隔永定桥可望见形似柳叶的神龟岛。两只花岗岩雕刻的神龟卧于桥头，隔桥眺望凤凰广场。永定桥两侧桥栏排列着象征二十八星宿的汉白玉鼓。桥中央的日晷处耸立着一座青铜宝鼎，喻示天长地久。与神龟岛相对应的是西岸的水韵广场。在这里，亲水河岸、九龙喷水及水幕电影，使“水善利万物而不争”之境界达到极致，同时，暗喻中华文明源远流长。

麦西来普广场位于多浪河东岸，有大型浅浮雕壁画，表现以多浪麦西来普和木卡姆为精髓的多浪文化。广场周边的大巴扎及维吾尔民居等建筑群落，彰显着民族风情的建筑文化和民俗文化。

漫步多浪河岸，心中奔涌着别样激情。东西方文明的“交流之河”在流经西域大地时，曾创造出辉耀世界的塔里木文明，而其中的明珠便是龟兹文化。前行至龟兹乐舞广场和鸠摩罗什广场，映入眼帘的是复制克孜尔石窟的四幅壁画，烘托出浓郁的龟兹文化的氛围。

继续向前是“步步生莲”的九曲桥，尔后是彩虹桥，往前还有桥……改造后的多浪河，有6座桥，由北往南，依次为永定桥、接凤桥、引龙桥、多浪桥、喜洋洋桥和同心凯歌桥。这些造型各异、寓意丰富的桥将多浪河两岸连接起来，并与河中七座岛的联结桥一起，形成了宛如苍龙卧波的多浪河水系景观。

在如今的多浪河畔，有一座铜雕立像并不引人注目，但它刻画的主人公却永留阿克苏史册，他就是罗长祜。光绪九年（1883年），罗长祜时任阿克苏分巡兵备道员，清光绪十年（1884年）二月因积劳致疾，病殁于阿克苏。罗长祜，湖南湘乡人，20岁便仗剑游天下，后随左宗棠参与营务，光绪元年（1875年）随湘军刘锦棠入疆，清剿阿古柏侵略贼军，一路杀敌，屡立战功。督办新疆军务钦差大臣左宗棠以罗长祜文武兼备，器识凝卓，向清廷请旨破格录用，赏穿黄马褂。刘锦棠移师哈密，罗长祜移扎阿克苏。罗长祜对中外交涉、边塞要害无不精心策划，操纵自如。1883年他在阿克苏兵备道员任上奏请获准，在阿克苏老城南修建新城（今阿克苏市）。这一年罗长祜已患病累月，但仍强起从公，轻骑周历阿克苏道境，查察卡伦（哨防治所），问劳抚辑，殆无虚日。光绪十年二月朔，其带疾巡防。次日晨，汗出如注，被所部抬回，救治无效，临终前无一语家私，仍谕令僚属将佐照常治事，守法奉公，言毕而逝。清朝末年，清官寥寥。罗长祜年纪轻轻却为国劳累而死，尤其是临终前无一语家私，着实令人感慨万端！

其实，这2.45千米的多浪河新景观只是一个开始，杭州市援助的多浪河二期“印象西域”大型主题公园的建设和三期凤泉河工程也已竣工。如今，整个多浪河景区已成为阿克苏河流域生态建设工程的重要组成部分。城市建设赋予风景如画的多浪河更多的文化内涵、生态内涵和休闲内涵，使之成为阿克苏市的新地标。

四

柯柯牙荒漠绿化工程是阿克苏人30多年奋斗谱写的一首赞歌。柯柯牙意为“青色悬崖”或“青色的戈壁”，位于阿克苏市东部，南北长25千米，东西宽4~5千米。从地质演变史来看，冰川融化的洪水切割冲刷陆地形成了这里沟壑纵横的冲积阶地地貌。黄土和沙砾裸露，大风起时，黄沙遮天蔽日。

1985年，时任地委书记的颉富平等一班人，开始实地踏勘规划建设防风林。1986年春，阿克苏人在柯柯牙这片亘古荒原上开始植树造林。历经30多年，他们将这片面积约100平方千米的荒漠改造为绿树成荫、鸟语花香的森林公园和大漠绿屏。同时这里也成为阿克苏冰糖心红富士苹果、核桃、红枣、香梨的主产区。

这是一个伟大的工程，显示了阿克苏人改善生态环境的巨大勇气和坚韧不拔的毅力及坚定不移的决心。自1996年以来，多位党和国家领导人视察了柯柯牙绿化工程。柯柯牙被联合国环境资源保护委员会评为“全球500佳境”之一，柯柯牙纪念馆被新疆维吾尔自治区命名为“爱国主义教育基地”和“环境教育基地”。如今，阿克苏市是中国西北地区首个国家森林城市和中国优秀旅游城市。2012年，阿克苏被评为中国十佳最具投资潜力文化旅游目的地城市。

站在柯柯牙绿色生态工程前高达20余米的瞭望塔上，环顾四周，自天山前山带戈壁一泻而下的滚滚向南的如古塔里木海般的绿色波涛汹涌澎湃，猛烈冲击我的胸膛。

我忍不住向西北眺望——那里奔流着汇聚无数生命无数期盼的南疆母亲河——塔里木河。我想探究——阿克苏河与叶尔羌河、和田河在阿瓦提县肖夹克附近合为塔里木河后，本应一路向南，贯穿塔克拉玛干沙漠，可是，塔里木河却东流到尉犁县大西海子水库，折向东南，一路直奔台特马湖而去。

塔里木河水系中水量最大也是现今唯一能稳定向塔里木河年供数十亿立方米水的阿克苏河，在与洪水期才有水的和田河交汇后，促使塔里木河像一匹野马，更像一位单枪匹马的将军，向前方万里黄沙、荒僻险恶的塔克拉玛干，义无反顾地前行……身后留下了丰饶富足的阿克苏河平原、塔里木河冲积平原。这片巨大的绿洲是古代西域的核心地区。塔里木河创造的塔里木盆地古代文明，最终汇入多元一体的中华文明洪流中。

中国语言学家、翻译家、学者季羡林说，龟兹是印度、希腊罗马、波斯、汉唐四大文明唯一的交汇之处。

一条河成就了一座城市，而这座城市使这条河成为西部名河。它的历史应被载入史册，让后人铭记。

第三章　天上之山

一、大地之歌

《后汉书·西域传论》描述西域“神迹诡怪，则理绝人区，感验明显，则事出天外”。西域的旷远与宏阔、瑰丽与神奇，成为中国远古神话的源流。而天山之南，则是中西文明汇聚之地，灿烂的文化流溢在漠野之上。在大河之水清澈奔流的阿克苏大地，你迈出的每一步，都踏进了数千年前的辉煌文明之海。

阿克苏是我的第二故乡。阿克苏山水之美丽已经融进我的骨髓。它之所以在我的心中如此美丽，也源于我的守望。

行走在阿克苏的大地上，我看见五彩斑斓的大地——它是中国西部神秘而又迷人的大地——丰饶、多姿且辽阔、深厚。

大地是善的源头。庄子说：“夫大块载我以形，劳我以生，佚我以老，息我以死。故善吾生者，乃所以善吾死也。”

“天地有大美而不言”。大地是文学及一切艺术的源头。屈原、李白、杜甫、苏轼、吴道子等等，他们那些千古传颂的杰作都是献给大地的诗篇。中国的山水诗、山水画就是流传了几千年的大地之歌。

大地是一个隐喻，它是各种各样神灵的化身，唯有行走才能朝圣神灵而满怀感恩。行走是人类的本能，也是人类认识大地的方法和途径。

真理是在大地上行走中逐步接近的。传说乔达摩·悉达多在黄色的大地上行走，从高原走向平原，脚下的积雪变换为绿色的农田，他形容枯槁，几近力竭，却未得解悟。某日，他在一个叫作迦叶的地方，坐在一棵菩提树下，七七四十九天后顿悟——其实是逐渐解悟，最终悟到正道，成为佛祖释迦牟尼。

孔子也是这样，在行走的过程中，在历经苦难的过程中执着地、逐步地觉悟而抵达真理的彼岸。

大地是母亲，是创造之神，让万物永无休止地生生灭灭。

我行走在阿克苏的大地上，随处可见大美的山水和文明的印迹。天山南脉、托木尔峰、塔里木河、塔里木盆地、塔克拉玛干大沙漠，这些赫赫有名的地理标志怀抱中的阿克苏，必定是个绝美之地。

这片大地上有高山雪峰、森林河流、戈壁沙漠以及辽阔的草原。东西走向的天山南脉、山前洪积倾斜平原、山间谷地、盆地、阿克苏河—塔里木河广阔的冲积平原以及塔克拉玛干沙漠构成了这片大地的复杂地貌。由于受到地质构造和冰川、流水侵蚀及风蚀的作用，这里被塑造出众多复杂的地貌景观。

北部是天山巅峰——终年积雪的托木尔峰、汗腾格里峰、科其喀尔峰及雪莲峰等，这些高山雪岭发育出中国最大现代冰川区，成为这片大地的生命之源。密集如网的溪流，从高山冰川区一路流泻。巨大的地形落差导致河流下切强烈，形成深切的峡谷、嶂谷，塑造出千姿百态的风景河段、高山湖泊、瀑布以及天然河谷林，这一切组成了秀美壮丽的自然风景。

我用这样抒情的笔调和略带地理科学的严谨去描述我挚爱的这片大

地之美的时候，常常激动难抑而泪欲夺眶，因为如此迷人的风景带给我的是无边无际的遐想和深深的感动。

从20世纪80年代开始至今，我怀着虔诚的心几乎走遍了这片土地上的山水、戈壁与绿洲。在行走中，我愈发地崇仰和敬畏这片土地，它用高山雪峰、森林河流以及戈壁大漠弹奏出圣洁高远的大地之歌。

二、天上之山

天山是地球上最大的独立纬向山系，也是亚洲的核心山系。

谁是雄霸天山的群山之王？20世纪40年代以前的数千年间，位于中国与吉尔吉斯斯坦国界线上海拔6995米的汗腾格里峰，在诸多游牧民族和行旅商贾的眼中是天山第一峰。“汗腾格里”是蒙古语，意为“天王”。可见，千百年来，当地牧民一直以为汗腾格里峰是天山之王。直到1953年，托木尔峰才真正被人们“发现”。

那巨大的浑圆的被白雪覆盖的山峰从更为巨大的群山拱卫的山结中升起，犹若拥有花瓣和花蕊的雪莲。这座神秘的宛若雪莲花一般盛开在群山之中的山峰便是托木尔峰，维吾尔语意为“铁山”。它高耸入云，终年云雾缭绕，偶露峥嵘。20世纪三四十年代，苏联登山探险家在日记里这样写道：“甚至在那些云雾散去的时刻，托木尔峰看起来也要比汗腾格里峰矮小，因为它更加靠南，从能到达这一地区的峡谷看起来更加远。”

从卫星云图看，托木尔峰处于靠北的汗腾格里峰与靠南的科其喀尔峰之间，四周耸立着十多座海拔6000米以上的高峰。除汗腾格里峰外，有形似花朵的雪莲峰，洁白的大理岩上覆着白雪的阿克塔什峰（白玉峰），形似卧虎的却勒博斯峰（虎峰）。这些巍峨耸立的山峰披着银盔白甲般的冰雪，在湛蓝的天穹下银光闪烁。

托木尔峰峰顶状如鱼脊，山体巨大而险峻，终年积雪，气候恶劣，冰川遍布，明暗裂缝深不可测。唐代以来途经此处的行旅和探险家都曾对托木尔峰地区的冰川、峰景、气候等留下了生动的记载。高僧玄奘在《大唐西域记》中记载了这一地区的冰川奇观。清代著名文学家、方志学者洪亮吉随伊犁将军书麟经弓月古道（木扎特古道，又称夏塔古道）前往阿克苏绿洲时，曾看到冰川奇观。其在《冰山赞》中写道："阴阳显晦，倏尔万变。飞仙失足，亦堕无间。冰梢烁日，波末闪电。清商夜聆，奇鬼昼见。危兹达坂，高乃百盘。南池于阗，北走大宛。汹汹隆隆，地轴半拆；燏燏烁烁，天宇五色。"

从地理知识上得知，由于印度洋板块不断向北移，强大的向北挤压应力通过刚性的塔里木地台传递到天山，使其形成了巨大的断裂带和复杂的褶皱构造。由于塔里木地台向北凸出，在天山南北各断裂层面板块的作用下，塔里木地台正好顶撞于托木尔峰一带。挤压力集中，使山脉发生隆升，托木尔峰上升到海拔7443米的高度。挤压力继续作用，这种上升至今仍在进行，托木尔峰仍在不断升高。

托木尔峰地区"冰雪嵯峨，千仞攒空"，有利于冰雪聚积，加之峡谷幽深陡峭，山顶与沟谷相对高差巨大，有利于冰雪储备，为大规模冰川发育提供了有利地势条件。托木尔峰地区是天山最大现代冰川发育中心，共有冰川670条，冰川总面积达2706平方千米，冰雪储量3500亿立方米，是仅次于乔格里峰的世界第二大山岳冰川集中分布区。这座巨大的固体水库，不仅滋养了密布于天山南脉的高山河谷草原森林，使其成为世界珍稀物种的栖息地，而且也为塔里木盆地的绿洲提供了生命源泉，构造了一个独特奇绝的旅游胜地。

托木尔峰地区以其独特的自然景观吸引着大批中外科学考察和登山、

探险团队。20世纪50年代以来，各国科考探险队争相对托木尔峰进行科学考察。1954年，苏联登山队在攀登托木尔峰途中，11人死于雪崩。1956年，苏联登山队终于从北坡首次登上托木尔峰。1977年7月，中国托木尔峰联合科学考察队之登山队从南坡登上托木尔峰峰顶，并首次精确测定其高度为海拔7435.29米。1980年，日本女子登山队、横滨市立大学13人从南坡攀登托木尔峰时，在海拔5800米处遭遇雪崩，3人遇难，最终无果而归。

托木尔峰冰川奇景绝美，世间难觅。条条冰川从托木尔峰倾泻而下，冰峰雪坡弯伸错落，行至近处，更觉"惊涛拍浪卷起千堆雪"，令人叹为观止。冰川之上，随处可见冰层融化坍塌，泛出幽蓝的光。冰湖、冰塔、冰蘑菇、冰河以及山顶时不时崩塌的积雪溅起的数十米高的雪雾，这一切构成平原和城市绝不可见到的奇景奇观。

2005年夏，我与《中国科学探险》杂志记者张志雄、李海波，摄影师李清泉和原托木尔峰保护区管理站站长魏顺德等一行人，乘两辆越野车从塔克拉克牧场一大队出发，进入科其喀尔河谷。我们沿北向河谷左侧山脊步行一个多小时，登上海拔3000米左右的不知名的山顶，见前方横亘着一条深达数百米的峡谷，对面的崖壁五彩斑斓，犹如油画一般。右侧则是流泻的巨大冰川，褐色的冰川之上遍布幽蓝的冰湖和冰隘。由此上溯，在目力所及之处，可见闪耀在金色阳光下泛着金色和银色光芒的科其喀尔冰川之源——托木尔峰的姊妹峰科其喀尔峰尖耸的顶峰。在它身后，簇拥着众多的雪峰。冰川自峰顶倾泻之初，色泽冰清玉洁，往后逐渐灰暗，呈现铁青色和褐灰色。冰舌末端是巨大的冰砾石堆起的高达数米、长达数千米的冰碛龙。面对巨大无比的雪山和冰川，我感到震撼，仿佛有一种力量如闪电般击中了我，一时间我举止无措，诚惶诚恐，难以言表！其时，忽然下起暴雨，瞬时又飘起雪来。不一会儿，我驻足的山顶便被白雪覆盖。俄顷，冰雹和雪霰又夹杂而来。我与随后赶上来的魏顺德找了一山洞躲避，但观乌云密布，雨雪骤急，不得已狂奔下山。待我们连滚带爬下山抵达停车处，身体已经冻僵。司机将我们抬入车内，脱去湿透的衣裤，遍身揉搓，半小时后我俩才逐渐趋暖，但仍不能言语。事后想，倘若有半点差错或时间延误，可能就命丧此处。下山之路更加凶险，雨使盘山路极其湿滑，稍有不慎便车毁人亡。虽然下山后心有余悸，但心中仍觉能观此壮美景色，便不后悔。当时魏顺德先生已63岁，在托木尔峰保护区管理站退休后仍心系保护区那些雪峰冰川及野生动物，且热爱摄影，曾拍摄珍稀鸟类黑鹳。那天下山时他的相机镜头撞坏了，事后我给他新配了一个较好的相机镜头，以表安抚之意。谁知，不久他突发心梗不幸去世。魏先生将一生都献给了托木尔峰自然保护区，其敬业精神令人肃然起敬，不能忘怀。数年后，我与朋友再次前往，并在雪山下一冰湖边的山脊上留影，弥补了前次缺憾。

是年，又从经神木园的边防公路往乌宗图什河源方向，越过天山前山区，顺河谷前行数千米进入了狭长的天山谷地。位于汗腾格里峰与托木尔峰之间的乌宗图什河源地区于1999年正式复归中国。这个事件对于每个不忘鸦片战争后的百年屈辱史的中国人来说都是激动不已的，那炽热的爱国情感迅速溢满胸怀。

越野车艰难地行驶在蜿蜒曲折、坎坷颠簸的山谷间牧道上。两侧连绵不断的雪山巍然屹立，而眼前却伸展着浅绿色的起伏舒缓的高山草原。因海拔较高，草原上的草短且微黄，但在两侧雪山的映衬下显得分外壮丽秀美。在草原的尽头便是却勒博斯峰1号冰川。我们登上海拔近4000米的石山，远眺雪峰和晶莹的冰川。阳光下，从雪峰峰顶崩塌下的巨大雪块在下落过程中翻转、碰撞和崩解，形成的雪浪掀起数十米乃至数百米高的雪雾，继而，不时响起霹雳般的轰鸣。冰川融成冰河，流水湍急，隆隆作响。不远处，形态诡异的巨大冰砾石昂首矗立在高山苔原上，阴寒孤独。不一会儿，乌云密匝匝地压下来，近处的雪山立即阴暗，遮蔽了眺望远山的视线，使我们看不见远处的群山以及群山身后的未知世界。

这时，我心里忽然哆嗦了一下，仿佛窥见神灵在幽深的暗处朝我微笑，是那种获知你的命运却不告诉你的暧昧而含混的微笑。人的命运充满了变数和未知。这一切焉知祸福？但我在此之后，脑海中常常浮现那雪山，圣洁肃穆。与自然相比，人生显得多么短暂而渺小。每个人都将死亡并化为尘土。我知道我在走向死亡，而不是等着死亡走向自己。

一切生命都必将消亡，这是真理。正如古诗云："滚滚长江东逝水，浪花淘尽英雄。是非成败转头空。青山依旧在，几度夕阳红。"但我认为更重要的是，如何向死而生。孔子说："未知生，焉知死。"不惧生死，才是生命存在的意义吧！

在归途中，正值夕阳西下，天际线上的彩云把天空渲染得无比辉煌。这时，突然想再看看落日中的天山群峰雄姿，于是便停下车，眺望被夕阳涂成金色的雪峰——它们是如此瑰丽而又宏大。我想，它是一种永恒。看着那清晰得仿佛被刻印在红彤彤的天幕上的如鱼脊一般的托木尔峰时，我似觉恍惚，不禁联想到2000多年前一位伟大的思想家的言语："北冥有鱼，其名为鲲。鲲之大，不知其几千里也；化而为鸟，其名为鹏。"

托木尔峰形似鲲，其会变化为鹏吗？托木尔峰雄起而与苍穹相交，真有奋起而飞，旋转扶摇而上，直冲九万里宇宙的气势啊！看着托木尔峰，心里不禁发出一声感叹：这便是生命的力量吧！去飞翔，也许是托木尔峰的梦想吧！先圣庄子给了人类一个伟大的梦想——逍遥于天下。

1990年，旅行者1号探测器即将飞出太阳系的时候，在距离地球64

亿千米的地方，它回望母星，拍下了一张照片：浩如烟海的宇宙中一个蓝色的小点。美国天文学家卡尔·萨根写道：“在这个小点上，每个你爱的人，每个你认识的人，每个你听说过的人，以及每个曾经存在的人，都在那里度过一生。天文学家告诉我们，地球不是宇宙的中心，太阳系也不是银河系的中心。地球只是一颗小小的尘埃，飘浮在浩瀚无际宇宙之中，这就是我们这个世界的全部真理。

第四章　刀郎之魅

"'刀郎'一词因为歌手罗林和他改造过的那些饱含西域风情的怀旧音乐红遍大江南北，致使很多人以为刀郎是罗林的某种称号。而他将自己带着大漠风沙与戈壁砺石般的嗓音形容为'锋利'，也正符合了大众望文生义的习惯。"这是已故著名新疆民族音乐研究专家——新疆艺术研究所所长周吉教授在《刀郎人探秘》一文起首的文字。

事实上，塔里木盆地北缘的阿克苏河、叶尔羌河、喀什噶尔河、和田河汇合而成的塔里木河两岸原始胡杨林区古称"刀郎"，而生活在刀郎地区的居民自称"刀郎人"。

神秘的刀郎人，其族源究竟在哪里？我查阅了许多资料和专家们的论著，仍不能断定。但可以肯定的是，任何现代民族或族群都是经历了漫长的历史洗礼，融合多种古老民族血液而形成的。

刀郎亦被译作"多浪"或"多郎"，阿克苏（包括阿瓦提、沙雅）的刀郎人相传是生活在阿克苏喀拉塔勒镇的克地木阿依玛克一带。阿瓦提、巴楚、麦盖提的刀郎人都是从这里繁衍开来的，麦盖提的刀郎人亦称自己是"古时候从外地迁徙过来至当地的"。这意味着阿克苏以南的塔里木河支流阿克苏河、叶尔羌河、喀什噶尔河、和田河汇流之地是刀郎人祖先最初的聚集地。“克地木阿依玛克”为维吾尔语，意为“古部落”。20世纪50年代前往刀郎聚居区调查的苏联人提尼舍夫称“刀郎居民以一百为单位，每一百人就有自己的称谓（由本村决定）”，如卡里木什百人村、伯什艾日力克百人村等。诸多古代游牧民族都曾习用“百人”为军事建制。其特点是“战则与家业并至，奔则与畜牧俱逃，不赍资粮而饮食自足”。其地名中大量的百人村，当是最初的军事建制的遗迹。

我每年都去阿克苏市的库木巴什乡和喀拉塔勒镇，以及阿瓦提县和沙雅县数次，也曾多次去过麦盖提县和巴楚县。特别是与《中国科学探险》杂志社记者张志雄（北京大学历史系硕士）去阿瓦提县调查时，发现这些地方的维吾尔族人与其他地方的维吾尔族人相貌差异较大，有浓须者，也有无须者，有皮肤白皙者也有皮肤黄黑者，有深目耸鼻者也有脸部扁平者，有偏于欧洲人种者，有接近蒙古人种者。这些恰好说明刀郎人血缘混杂。

其实，刀郎人由于居住地不同而有不同的称谓，如居住在塔里木河中下游的自称为“罗布人”。但他们的共同特点是起初到现在始终是“自由的流浪者”。

刀郎人居住地区的状况，清代萧雄在《听园西疆杂述诗》中称：“胡桐杂树，漫野成林，自生自灭，枯倒相积，小山重复其闻，多藏猛兽。水草柴薪，实称至足。”

清朝吴其濬《植物名实图考》：“今阿克苏之西，地名‘树窝子’，行数日程，尚在林内，皆胡桐也。”“树窝子”一名，在林则徐踏勘今阿瓦提县拜什艾日克镇丰收干渠至阿克苏市浑巴什乡间的11万亩荒原时就是这个称呼。一直到20世纪五六十年代，人们还习惯称阿克苏市区以西及阿瓦提为“树窝子”。这一带正是南疆四河汇流于塔里木河之区域。胡杨林和湖沼湿地里有塔里木虎、狼、黄羊、马鹿、野兔、狐狸、野鸭和大雁等动物，可谓“密林遮苇虎狼稠，幽径寻之麇鹿游”。在这河湖沼泽之地，鱼肥鸟翔。这样的地方，自然就成了刀郎人狩猎游牧的理想之地。15世纪末，刀郎人口增加，逐渐沿河扩散，有的向北从事农业生产。

塔里木河在河水泛滥时，在两岸造成密布的海子。如今，在沙雅、尉犁等地的海子里仍能看见当地人划着用整棵胡杨凿成的独木舟“卡盆”撒网捕鱼的情景。他们在空地上点燃火，将鱼剖成两片穿在红柳枝上插在火边炙烤，其他如胡杨羊、鸡、兔等都如此炮制。大家围火环座，弹起刀郎热瓦普和卡龙琴，跳起刀郎舞。瞬时间，颠沛流离的辛苦都消失得无影无踪，自由的快乐充盈在胡杨林间。这种独特的生活方式和习俗更多地保留了刀郎人原始粗犷的狩猎文化。

周吉教授说，音乐和舞蹈是刀郎人生命中的灵魂。刀郎人对此的痴迷程度让外人难以理解。有时一阵音乐声传来，田野里的农民立即放下手中的工具，路上的行人脱掉外衣扔下褡裢，便如醉如狂地跳起来。刀郎人从其先辈开始，一直保持着什么时候想跳刀郎舞就什么时候跳，什么时候想唱刀郎歌就什么时候唱的自由奔放的性格。无论是在胡杨林中还是田陌原野，这种执着，一直伴随刀郎人的一生。

刀郎人唱起刀郎木卡姆，声音高亢痛彻，像撕心裂肺的怒吼，又仿佛在大漠旷野中呼啸的风声，粗粝而锋利。因此，刀郎木卡姆等刀郎曲目被称作“原野里喊唱的歌”。虽然刀郎十二木卡姆的乐调及歌词相对固定，但演唱者却能依据不同心情唱出各种各样的感觉。

刀郎人的歌离不开刀郎人的生活——牧猎、农耕以及爱情。《旅人歌》中刀郎人这样唱道——“你穿着雪白的裙子，镶着鲜红的花边，等待着心上的人儿，呆呆地坐着望眼欲穿。你穿着美丽的丝裙，手捧着鲜花在门外流连，热恋着心上的情郎，却掉进了灾难里面。你是多好的姑娘啊，就像含苞的花蕾一般，我想递一束花给你，又怕双手打战!”

“情火熊熊，炙烧着心田，既无药治，还要忍受生命的煎熬乃至永远……情人，你是来把我瞧瞧，还是为了把我炙烤？莫不是让熄灭的情火，又在我的心中燃烧？任何病症都能治好，但情火没有灵丹妙药。我心因情火而来的烦恼，是否我死后能消散？”纯朴、率真、坦荡，不畏艰苦，好客热情，这就是我见到的刀郎人的性格。他们很少被陈规或宗教束缚，而是更加恣意地张扬自己自由奔放的秉性。这其实就是人类的本性啊!

炽烈如火的情歌不仅是刀郎人生活中的盐，更是刀郎人的魂。而牧猎农耕等劳作生产则是刀郎人舞蹈艺术的创造之母。刀郎舞又称刀郎赛乃姆，更多地再现了刀郎人的祖先在草原上狩猎的雄姿。男女成对，伴着悠扬的散板舞蹈，接着引吭高歌，仿佛呼唤着猎手出征。女舞者时而高举左手，时而又高举右手，是为男猎手举着火把照明的动作。随后舞者的动作随鼓声变快而转向激烈，结对舞蹈的两人忽而臂膀紧靠，忽而旋风似的散开，随即又迅速回身，退步伫立，双手拉开似弯弓欲射，这是发现猎物冲上去展开搏斗的舞姿。狩猎者获胜后，舞蹈的节奏变得热烈欢快，所有的舞者时而向左时而向右旋转……

葡萄酿成的美酒——慕塞莱思是刀郎人的挚爱，也是刀郎文化的秘藏。在古代龟兹地区，葡萄是极受欢迎和重视的作物。在记录龟兹地区事件的汉文典籍中经常可以见到葡萄园出租经营和买卖的契约。酿造葡萄美酒是当时当地重要的产业之一，醇香的葡萄酒也是丝路商旅的必备之物或交易商品。相传公元383年前秦大将吕光在龟兹时，其部属曾因痛饮葡萄酒而醉卧瓮中。吕光命其参军段业所作的《龟兹宫赋》中说：“胡人奢侈，厚于养生，家有蒲桃酒，或至千斛，经十年不败，士卒沦没酒藏者相继矣。”在新和、沙雅县等地出土过不少的土陶大缸，有的高达2米。这种陶缸形制为敛口鼓腹，在古时常用贮水或酒，或粮，可见当时酿酒盛况。这种酿制葡萄酒的技艺已在环塔里木盆地以及吐哈盆地的大多地区消失，但在阿瓦提刀郎人这里秘藏至今。慕塞莱思——刀郎人的传奇。

中国古时的舞蹈文化中总有酒来相伴，唐时来自龟兹的胡旋舞就是用酒来渲染出恣意洒脱的西域之美。在阿瓦提，不论是传统节庆，还是平时的聚会，刀郎人都会一边品饮慕塞莱思，一边喊歌跳舞，这样的动人景致一直在延续。

什么是刀郎文化的精髓？刀郎文化散发着勃勃生机并传承着历史传统，它是活在刀郎人生命里的平民文化和刀郎之魂。刀郎文化的精髓是自由和欢乐——这也是刀郎之魅。

第五章　瀚海绿梦——柯柯牙是一种信仰

柯柯牙是一种信仰

三十多年

每一年

每一个阿克苏人都种下一棵树

于是，便筑就了它的神圣与丰碑

一、红旗坡

当第一面五星红旗插在这里时，柯柯牙的历史从此被改写。

1949年的初冬，时任第一野战军第一兵团第二军步兵四师副参谋长的任晨，奉命率先遣部队进军南疆。部队昼夜不停，千里骑行。至阿克苏东郊高耸的黄土台地时，任晨的坐骑骤停，黄骠马猛烈嘶鸣。他紧握缰绳，看见浅卧塬底被沙尘包裹的南疆重城阿克苏。

南疆八城，阿克苏居中，扼守古丝路南、北、中道中枢，战略位置十分重要。有别迭里、木扎特和乌孙三条古道分通中亚草原与北疆伊犁，南向和田河可越塔克拉玛干沙漠直达和田。

任晨凝视着阿克苏，心想解放南疆指日可待，他仿佛已看见胜利的五星红旗插遍南疆大地。停了片刻，他突然向簇拥在身边的人问道："脚下的高坡有无名称？"一位身材高大的年轻参谋操着浓重的平凉秦音答道："听向导讲，当地人称'卡坡'。"

这片荒漠从天山脚下的温宿台地一直延伸了近百千米，并与南部的黑孜沙地连为一体。地势低洼的阿克苏城的北、东、南面被这片亘古荒漠所环绕。

"拿一面红旗来，把它插在这里！从今天起，这里就叫红旗坡！"任晨命令道。这是飘扬在阿克苏的第一面五星红旗。

他转向北方，看见巍然屹立的天山群峰和延伸至脚下的戈壁与黄土塬，神情凝重地说："这里自古就是中国的土地，今后我们一定要建设好！"之后，他就任中国人民解放军新疆军区农业建设第一师（现新疆生产建设兵团第一师）师长，时师部驻阿克苏。

站在身后的那位高个子参谋点点头，记住了这句话。他想：参谋长的这番话，就是我们共产党人的誓言和使命！36年后，他再次站在这片土地上，与阿克苏人民一起，书写出艰苦创业、建设美好家园的华彩篇章。

二、信仰与使命

信仰，价值之所在。共产党人的信仰，其伟大而崇高的价值存在于为人民谋福祉之中。

天山山脉是世界上最大的独立纬向山系，将中国新疆分为南疆与北疆。无论古今，人们仰望天山时，总是不由得生出敬畏与崇拜之心。

天山最高峰——托木尔峰以及它周围簇拥着的众多雪峰，是古丝绸之路行旅者心中的神山，亦是古代游牧民族的神圣信仰。

1000多年前的伟大诗人李白，随父母从大唐安西四镇之碎叶返回中原途经托木尔峰脚下的阿克苏绿洲时，他仰望天山，不禁被天山冷峻雄伟的气势所震撼。

托木尔峰脚下倾泻而下的洪积平原，一直延伸至世界第二大流动沙漠——塔克拉玛干沙漠的边缘。这片被天山、昆仑山和帕米尔高原环抱的巨大平原，是中国最大的内陆盆地——塔里木盆地的一部分。在这个洪积平原的北缘至托木尔雪峰脚下有一个名不见经传的地方，当地人称之为“柯柯牙”，意为“青色的山崖”。其实它与青色毫无关联，而是一片由黄黏土与沙砾土混合而成的亘古台地，极似晋陕高原的黄土塬。这片亘古荒原与天山前山带钢青色的戈壁浑然一体，常年狂风肆虐、沙尘蔽日。像柯柯牙这样极其普通而朴素的地名在南疆并不罕见，但当它与“阿克苏”这个地名联结时，便有了不同寻常的意义。

有谁能想到，这片名不见经传的、曾是阿克苏风沙策源地的亘古荒原，今日竟名噪全球，被联合国环境资源保护委员会列为“全球500佳境”，成为荒漠绿化的典范。

柯柯牙荒原曾肆无忌惮毫无休止地将漫漫沙土抛向阿克苏这座生态极为脆弱的大漠边城，伤害着居住在此地的人们。且随着时间的推移，这种状况持续加剧，沙漠不断向这座边城逼近，以至距离城市仅有3千米！

阿克苏人饱受风沙之苦。南方的春天是绿色的，轻柔的春风带着百花的甜香。而阿克苏的春天却是黄色的，黄色狂风掀起的沙尘，掩天蔽日。城市和乡村昏天黑地，一米开外人们看不见对方，汽车停驶，路上行人寥寥无几。屋内白天就得点灯，却依然昏暗阴沉。尽管门窗紧闭，细尘仍然顽强地从看不见的微小缝隙中钻进屋内，并洋洋洒洒地充斥整个空间，人嘴里满是苦咸的土腥味。沙尘暴过后，长达数十天天色昏沉，空气中饱含沙尘，戴着口罩仍能闻到苦腥味。马路上积着厚厚的沙土，而家中的门窗甚至衣被都蒙着尘土。

早晨，老市民王建新冒着风沙去上班，他是市北门百货商店的仓库保管。这家地处市北门的国营百货商店，因主体墙面上绘有现代革命京剧《沙家浜》中阿庆嫂“智斗”那场戏的剧照，被市民戏称“阿庆嫂商店”。那日风烈，疾风使得行人都立不住脚，瘦小的人不小心都会被风刮走。如果家在逆风方向，就只有等风势减弱时乘机迅速跑回去，否则只能望家兴叹了。狂风裹挟着沙石怒扫大地，沿街门面损毁严重，木制油漆牌匾犹如被钢砂纸打磨过，油漆全无，只剩木板原色。王建新刚一出门，狂风便呛得他喘不过气。他只有紧贴着沿街的平房，侧着身前行。最后他终于看到被风沙打磨得模糊不清的阿庆嫂剧照，而这时风势似乎减弱了，他松了口气。

邻近阿庆嫂商店的是同处北门的阿克苏地委。

在沙尘暴刮起的第二天早晨，按惯例，地委副秘书长何俊英都要到地委大门外查看沙尘暴的强度和建筑物的损害情况。大街上的沙尘如同愤怒的洪水，波涛翻滚层层叠叠，一波接着一波，不断涌流。这种场景在别处是难以想象的，但对于老阿克苏人来说，却是司空见惯。地委牌匾曾经挂在大门口的一棵粗大的老杨树上，每年春季的一场大风沙都能将牌匾上的红字打磨得斑驳不堪，每年都要重新油漆。

阿克苏东城区位于黄土台地的“卡坡”边缘，当时处于杂乱无章的自由散漫状态，主要分布着一师的机运处、皮革厂、被服厂以及建筑工程团等单位和城市居民自建的土坯民房，未经规划建设的土路七横八竖，汽车过后尘土飞扬。

由百姓自然聚集形成居民区的东城土很深，只有一条通往市区的时断时续的石子路，毛驴车经过时，扬起的尘土让人看不清驴车在哪里。东城人去市里，浑身带着土，包括头发、眉毛和胡子都是灰白色，市里人一看就知道是东城人。贫困和脏乱是昔日东城的代名词。东城土路上到处是暗坑，上面是如水一般的极细碱土，车轮碾过，细土向两侧滑去，车过后如水般合拢，不见丝毫缝隙。一天老东城居民买买提明从市里回东城的家，弓着身子费力地骑着自行车，3岁大的孩子坐在后座上。不小心一个颠簸，他回头一看，孩子不见了，下车急找，最后在土坑里把灰头土脸的孩子捞了出来。他心有余悸地将孩子从后座移到前杠上，这样才放心地骑车回家。

地处塔克拉玛干沙漠北缘的阿克苏，生态环境十分脆弱。20世纪80年代，阿克苏每年沙尘天气将近100天，当地居民一年当中有1/4时间在沙尘天中度过。更要命的是沙漠距城区仅有3千米，并且还在以每年5米的速度逼近。

追根溯源，从大环境来看，虽然多数沙尘暴始于塔克拉玛干沙漠，但对阿克苏影响最大的却是来自日渐沙漠化的柯柯牙台地的沙尘。

在极度干旱的内陆沙漠地区，从古至今那里的居民从未改变过改善生态环境的想法。

1000多年前的西域古国楼兰曾严令禁伐森林，但这一试图阻止沙漠吞食人们美好家园的努力因水源断绝而最终失败。楼兰古国在塔克拉玛干消失后的1000多年间，其惨痛教训如同阴霾长久笼罩于塔里木盆地之上。

100多年前那个干旱春季的漫天沙尘中，一队衣服裹满尘土的骑行者来到柯柯牙，为首的是被清朝政府任命为伯克（旧时官名）的封建领主。他带领着本地富商和地主老财实地踏勘这片意为“青色山崖”的荒原，谋划一项他们祖辈都难以想象的宏大工程——开挖坎儿井，引天山雪水，浇灌这干涸的土地，然后栽种耐旱耐碱的沙枣、榆村及胡杨等树木，使它变为绿洲。数年后，因财力、人力不济以及环境恶劣、地质复杂，再加上不可抗拒之洪水灾害等，终致工程停滞，仅留下数里长的尚未完工的坎儿井。时断时续的坎儿井井口被时光残忍掩埋，偶尔在野地露出一个个黑洞。常有于荒原上觅食的黄羊或牧民的牲畜坠入干涸的坎儿井中而失踪，也有牧民失足跌入井中致残的事件在民间流传。因此，当地百姓说柯柯牙是遭遗弃的充满魔性的荒僻凶险之地。

100多年后的一个寒气袭人而沙尘肆虐的春季，这个野性的柯柯牙，迎来一支马达轰鸣的越野车队。车队在一条幽深的洪沟前停下来，从汽车内跳下一些面色沉重而衣着整齐的人，他们悄无声息地站在彻骨的寒风中。那年是1985年，那天依然与100多年前的场景一样。空气中弥漫着充满咸味的沙尘，狂风从一无遮拦的荒原上刮过。风紧时，看不清眼前的土塬，天与地浑浊一片，耳边只闻疾风掠过沟坎时发出的尖锐的啸声。风渐缓时，终于看清这行人在一位身材高大健硕男人的带领下，步履艰难而缓慢地登上一处高坎。他们是中共阿克苏地委领导及下属部门的负责人。这是一帮有着坚强意志、坚定决心和崇高信仰的共产党人。

领头的人是颉富平。35年前，他是随军解放阿克苏的师部参谋，35年后，当他再次站在这片荒寂的黄土塬上时，他是中共阿克苏地委书记。1985年1月，他刚到任就来到这个当年插上阿克苏第一面红旗的地方。他长久地凝视眼前的土地，耳边响起参谋长低沉而有力的誓言："这里自古就是中国的土地，今后我们一定要建设好！"这就是共产党人的初心和使命啊！

颉富平手指前方，用浓重的平凉秦音缓缓说道："我们将在这里——这个叫作"柯柯牙"的亘古荒原上植树，营造一片森林，挡住风沙，给阿克苏人一片朗朗晴空！"停了片刻，他继续说，"100多年前封建领主想干却干不成，而今天，我们共产党人想干就一定能够干成！35年前解放军进驻阿克苏时，就立誓要把阿克苏建设好，让各族人民过上好日子。这是我们的使命——今天这里是荒漠，明天就是花果园！”这个坚定坚决的声音虽然低沉却十分有力，无畏地穿透愤怒的风啸声，震响在在场每一个人的心胸里。

这是颉富平就任阿克苏地委书记后的第一项重大决策。在地委委员会议上，大家的共识是：环境恶劣、生态脆弱，是制约阿克苏经济社会发展的最大因素之一。改善生态，就是改善人的生存环境。古楼兰之灭亡，在1000多年前就已警告人类，时不我待，当下必须立即行动！

决策容易实施难。如何让这样一个宏大工程运行起来，难度可想而知。最大的困难是缺少财力和人力。当时阿克苏是新疆南疆贫困地区，财力微薄，公务人员工资大都由中央补助，各项必需的民生开支都十分紧张，在这种情况下进行较大规模的工程化造林谈何容易！

柯柯牙绿化工程是阿克苏地委、行署自行规划提出，没有国家及自治区的任何支持，完全要靠白手起家。当时在东城土塬上历年历次的植树失败让广大群众产生了畏惧、失望和怀疑的情绪，而且这种情绪蔓延到了机关干部中。此外，那时阿克苏经济落后，发展方式单一，各级政府的重点工作是如何种好地，解决好人民群众基本口粮问题，保证自给自足，而林业被认为是从属于种植业的附属品。即便是正常环境下种树，等到成材也需要很多年，更何况在条件如此恶劣的柯柯牙种树，实在是一种冒险，是拿当下仅有的资源进行一场了无胜算的豪赌！即便种下的树成活了一部分，可种树人未必能享受到种树的成果。对于现任地委、行署班子而言，更不会成为他们的政绩！

“我们面临的困难确实很多，难道我们就束手无策了吗?!”颉富平语重心长地讲道，“我们的党在成立之初，所处的环境是多么凶险！但是，面对艰难险阻，以毛主席为代表的共产党人何曾惧怕！先烈们不畏牺牲，最终战胜敌人，成立了新中国。昔日我军三五九旅在南泥湾凭着战无不胜的坚强意志和决心，战胜了无数困难，取得了大生产运动的胜利。在解放战争中，这支英雄的部队战略西进，解放新疆，又将红旗插在阿克苏，插在了塔里木。”

他停顿了一下，继续说：“1949年冬，步兵五师先遣部队十五团在进军阿克苏后，还未休整就接到命令，火速进军和田平叛。十五团迅疾兵出阿克苏，横穿塔克拉玛干大沙漠，千里奔袭和田。18个日夜，1800名勇士又一次创造了奇迹！他们在被称作‘死亡之海’的大沙漠和暴风雪中，用坚定的信念和坚强的意志，克服了难以想象的困难，最终战胜叛军取得胜利！后来，这支英雄的部队响应党中央、毛主席的号召，铸剑为犁铧，开启了屯垦戍边的新征程。今天，昔日塔里木荒原上已建起了现代化绿色农场。相比而言，我们面临的问题难道比先辈们在解放新疆、开垦塔里木中所遇到困难更大更难以战胜吗?!

“动员群众参与，进行人民战争，是中国共产党破解困难、克敌制胜的法宝。

“没有足够的资金，就自力更生，艰苦创业，动员全社会力量投入其中；没有足够的专业队伍，就号召全民义务劳动，让地区直属机关干部、工厂工人、学校师生、驻地部队和兵团一师机关干部都参加到柯柯牙植树造林工程中来。我们这一代干不完，下一代接着干，一直干到成功。”

多么朴素的真理。共产党从人民中来，到人民中去，归根到底，就是以为人民服务为宗旨。

会场寂静无声，但参加会议的地委委员们却心潮澎湃。他们再次重温光荣革命传统，感受到当初参加革命时的血性和朝气。这就是革命的信念啊！

战胜困难关键在人，在于要有强大的信心。因为我们相信明天相信未来，相信用双手一定会创造出幸福。

这就是信仰。信仰的力量使共产党人无论面对任何艰难险阻，都无所畏惧，勇往直前。信仰的力量催生出共产党人卓绝的智慧与强大的能量，敬畏自然，遵循规律，从而战胜困难取得胜利。

信仰，是人类精神世界中永恒的坐标。

三、英雄聚会

大漠英雄榜，名存天山阁。激励后来者，世人永瞻仰。

古边塞淹没在古道千年的历史烟尘中，隐约可闻悲凉旷远的声声羌笛。在黄沙下斑驳的土墙边，那长长的商旅驼队和氤氲的烽烟已经沉淀为厚重的历史。河西走廊向西延伸，雄壮的号角声此起彼伏。2000多年了，无数的商旅、僧侣、信使、学者与军人，在这条古道上往来。古道延伸着古老的文明，诉说着古老的故事——向西向西向西！

20世纪40年代，伴随雄壮的军号声，一列又一列长长的队伍穿越荒漠与戈壁。这支英雄的部队带着解放大西北解放新疆的命令如同狂怒的风暴，迅速席卷了天山南北。在这十几万将士中有一个17岁的年轻战士，严格执行将军的命令，用双脚丈量了近3000千米的路程，跟随声名显赫的三五九旅改编的部队——第一野战军第一兵团第二军步兵第五师进驻南疆重城阿克苏。他的名字叫何俊英，一个陕西娃。

进驻阿克苏是1949年的一个冬日，空气中仍弥漫着淡淡的咸味。年轻的解放军战士何俊英和他的战友行进在荒凉的大漠上。天空与大地浑然一体，浑浊灰黄的色调从河西一直伴着他们到龟兹故地所在的阿克苏。将士们站在被称作“卡坡”的台地上，就已经望见白水城（阿克苏的别称，“阿克苏”维吾尔语意为“白水”）那灰黄色的城墙与陈旧的东门城楼了。战士们欢呼着将第一面五星红旗插在了一个土堆——其实是一个被岁月与漠风侵蚀的古烽火台上。于是，插上红旗的那个地方就取名“红旗坡”。之后，英雄的拓荒者们便在这荒原上建设了盛产冰糖心苹果的红旗坡农场。

后来，何俊英和他的战友们又遵照上级命令，就地转业。于是，武器变成犁铧。他便无悔而从容地在阿克苏奋斗了69年，最终与那些英雄的西行者们一起被埋葬在这个边陲城市西郊，那个昔日是钢青色的戈壁而今是绿意盎然的绿洲上。在那里，在阿克苏河巍峨陡峭的西岸上，他和那些西行的英雄们俯瞰这座日益繁荣美丽的城市。

何俊英转业后的第36年，即1985年，他任中共阿克苏地委副秘书长。由于他的资历老，大家都称呼他“老人家”。1985年3月16日，地委召开首次柯柯牙绿化工程专题会议，在座的有阿克苏地、市主要领导和地区有关部门负责人。会议召开前几分钟，何俊英看见时任阿克苏地委书记的颉富平走进会场。他站起来，与颉书记短暂地交换了目光，然后目送颉书记在会议室正中的位置落座，他才坐下来。他静静地看着颉富平从衣袋里掏出一个黑色笔记本，翻开，用钢笔写下一行字。何俊英知道，今天会议的主要议题是关于解决柯柯牙绿化工程的水源问题的。在召开这个会议前的一个月里，颉书记带着水利部门的领导和专家对阿克苏的水资源进行了周密调查，并多次深入柯柯牙实地踏勘。经过与地市县领导和专家的商议，地委决定在阿克苏市东部卡坡至温宿县之间修一条引水渠，以解决柯柯牙绿化、发展红旗坡农场和建设东城区的用水问题。颉书记讲话带着浓重的平凉秦音，语速缓慢而吐字清晰。他说出的每一个字、每一个词及每一句话，都让何俊英感到其中隐藏的力量。他感受到这些力量正汇集起来形成巨大的冲击波，一下又一下地撞击着他的胸膛。他从这些话语中清晰地体会到颉书记对人民的深厚感情和作为一个共产党人的坚定信念。

“36年前，也就是1949年，我随先头部队进军阿克苏时，就曾站在卡坡上。我至今都不会忘记当时的情景。任晨参谋长命令将第一面五星红旗插在那片荒原上，然后用他那只曾无数次扣动枪机，奋勇杀敌，立下赫赫战功的粗粝大手，坚定地指着阿克苏方向，铿锵有力地说：‘这里自古就是中国的土地，今后我们一定要建设好！’”他停顿了一下，眼睛有些湿润，随即表情凝重、神色激动地接着说，“我忘不了这句话！这句话就是我们共产党人的誓言！我们要永远牢记这句话！”颉富平书记激动地说。

何俊英被深深地震撼了，在座的地市领导都被深深震撼了。

“已经有很久没有听到这样有力的话语了！”何俊英心里想。他仿佛又回到那战火纷飞的年代，他们这些老兵，遵从上级的命令，吹响进军新疆的号角，徒步行军3000千米，配合战略部署，和平解放了新疆。之后，他们又肩负起把新疆保卫好、建设好的伟大使命，将枪械入库，拿起锄头，扶着犁铧，开始了艰苦卓绝的拓荒战斗。革命的目的就是要让各族群众过上好日子。这个责任不能忘，这个使命不能忘，共产党人的信仰更不能忘啊！

“颉书记是个好领导！”何俊英心里想。他和参加会议的同志都感到振奋。

这次会议也影响了正忙碌在阿克苏地区实验林场实验果园中的山东汉子毕可显，虽然他没有参加这次会议，但他也被这样一个务实有闯劲的领导所震动。

1956年，毕业于山东泰安林校的毕可显怀着与何俊英同样的信念，与无数勇敢的西行者一样，义无反顾地投身于南疆大地，肩负起拓荒者的责任，在与红旗坡农场一路之隔的地方——当时仅有500亩地的地区苗圃试验站担任林业技术员。经过数十年的发展，毕可显与千百名拓荒者一起在洪沟纵横、重度盐碱的柯柯牙河畔的洪荒之地，建设起十几万亩的人工森林，成为阿克苏地区实验林场的专家场长。这一干就是近30年。在30年里，他在林业科研领域取得了骄人成绩，先后主持了“核桃汇集、建园、嫁接、复选”等17个项目，获国家林业部、自治区、地区重大科技成果奖，其中“新露”核桃优良品种选育研究获国家科委重大科技成果奖，他成为核桃栽培方面的顶级专家。那时，他感觉自己与林场已经密不可分了。从技术员到场长，在实验林场的土地上，他倾注了太多的感情。他想，自己恐怕一辈子都离不开林场了。但一个历史机遇改变了他的人生轨迹。

1985年6月，正当毕可显在林场的一个果园里忙碌地采摘水果验证新的科研成果时，地委书记颉富平找到他，问道：“阿克苏市城区地势较低，天天有风沙从卡坡上往城里刮，早晚有一天，阿克苏会像古代楼兰一样淹没在风沙中，在柯柯牙种树行不行？”

毕可显沉思良久，回答说：“有困难。一个是那地方是大风口，种下树苗，在大风中只要三天便成风干柴火。再一个那里是重盐碱地，栽下的树苗很难存活。还有水的问题，即使解决了水，但水跟不上，再加管护也跟不上，树也难成活！”

“你是林业专家，你说这些困难能克服吗？”颉富平拧着眉头接着说，“水和人的问题我来解决，你负责种树的科技攻关！”颉富平停顿了下，又继续说，“据我了解，实验林场的许多地方也曾是重盐碱地，你们是怎么解决的？”

毕可显回答道：“实验林场的特重盐碱地树木成活率低，我已经做了试验，开沟压盐碱，在沟里挖树坑栽树，成活率显著提高，但在柯柯牙不知是否可行。”

颉富平说：“实验林场能成功，柯柯牙或许能行。这个任务就交给你了！”

不久，毕可显被免去实验林场场长职务，被任命为地区林业处处长。

西行的英雄们集聚在一起，因为一个共同的目标——在柯柯牙荒原上植树造林。

四、奋战荒原

有一群不平凡的人，一群创造奇迹的英雄，他们筑渠开路，植树造林，与大漠抗衡，与戈壁争锋，冲破一道道难关，战胜一层层险阻，彰显信仰的力量。

1985年3月16日的这次会议无疑将被载入史册。阿克苏十几万市民将在地委、行署的号令之下，在柯柯牙那个蛮荒之地植树造林。这个极具风险的勇敢决策，不能不使饱受风沙之害的阿克苏人激动不已。然而，也有人暗生疑虑：这样的地方能种活树？春天种的树，冬天当柴火！

持怀疑态度的人，不是没有道理。过去，在东城卡坡三岔口也曾植树数次，未活。群众对此抱怨声声：年年造林不见林，劳民伤财白费劲！

为什么不能成活？原因一：土壤盐碱最高含量为5.85%，平均2.87%，自然条件恶劣，盐碱严重。原因二：无水。这是核心也是最棘手的难题。水是万物之本，没有水，在柯柯牙植树就是痴人说梦。

地区水利处、河管处、水利水电勘测设计院等单位在3月16日的会议后联合勘测设计引水渠线路。在这一工作环节中，他们发现了坎儿井。据《温宿乡土志》载，清末，温宿王想在这里广植花木，建造夏宫。为此，他聘吐鲁番工匠前来开凿坎儿井，引天山雪水和集地下水，垦田造林。结果却因耗资甚巨无法负担而作罢，遗留下这废弃的坎儿井独自悲哀。

民国时，国民党当局也曾有过类似的举动，但由于同样的原因，所植的树被晒成干柴……

水啊！要命的水！

1986年4月，一支由地区水利处、河管处组成的先遣队向荒原打响了第一炮。10月，一条全长14.4千米，有45座桥涵、2架渡槽、15个水闸、240个跌水共计302座建筑物，穿越数十条深达十余米的洪沟，征服百余米落差的混凝土防渗渠道全线竣工，奇迹般地出现在亘古荒原之上。淙淙渠水流经柯柯牙荒原，流进了东城区。

水的难题解决之后，地委决定在引水渠两侧的柯柯牙荒原各建造宽200米，总面积为1万亩的大型宽幅基干林带。它的建成将会使阿克苏市受益无穷。

1986年11月5日是一个值得铭记的日子。温宿革命大渠龙口竣工，颉富平看了引水渠之后，代表地委宣布成立柯柯牙绿化工程指挥部，副总指挥由地委副书记康克俭担任。

“副总指挥要干事，将由我来点！”言毕，康克俭点出六员大将：地委副秘书长何俊英任常务副总指挥，其他成员为地区河管处处长黎仲康、林业处处长毕可显、城建处副处长张金山、行署办公室副主任丁士超、水利处处长马光义。

毋庸置疑，这是一个强劲有力的班子。如果说颉富平慧眼识英才，让康克俭出任副总指挥，那么，以上成员的组合，则说明康克俭确实善于用人。

有了水，在柯柯牙亘古荒原上就能种活树吗？

“只要有水，就能活！”

语惊四座的人便是原地区实验林场场长，刚刚履新地区林业处处长的毕可显。

毕可显用平稳的口气说：“当年温宿王有造林的举动，是因为他了解到，每年春秋两季从雪山上奔腾而下的洪水冲刷的洪沟里有红柳成活了，证明了这里能种活树。此外，离这里并不远的红旗坡农场和实验林场营造的防风林带也为这一点做了明证。”

“我们面对的是重盐碱土壤，再加上浮土深，无法压碱，因此，植树造林并不乐观！”有人说道。

“有办法，开沟！把盐碱压排到沟两边，沟底盐碱自然会降低。”毕可显胸有成竹地回答。

开沟植树，在座的很多人闻所未闻，但这并不是一个大胆新奇的设想。在重盐碱地开沟压碱植树，毕可显在实验林场已实践研究多年，并取得了可靠的数据和经验。尽管如此，这种国内首创的方法在重盐碱且浮土下有板结层的大面积荒漠上使用，还是有风险的。但毕可显自信的底气来自严格的技术规范。

“那么，选择什么样的树种？”

“因地制宜，胡杨、新疆白杨以及沙枣、红枣等果树。”

要在亘古荒原上进行大规模工程化造林，显然并非易事。人们仍然疑虑重重……

柯柯牙引水渠完工后，河管处又立即投入平地战斗。指挥部要求河管处必须在一个月内完成130多万平方米地的平整任务。

河管处面临的困难是：地形复杂，土方量大，资金与机械严重不足，工期太紧。于是他们向地委建议：平地工程由河管处与水利系统共同完成，因河管处独家难以完成。

颉富平对此答复：“任务艰巨而光荣，完不成不行！”

黎仲康沉思良久：“干！”

机械不足，登广告公开招募；地形复杂，因地制宜想办法……

在雷达站附近的300亩地，曾一度承包给某单位平整。由于这里土质坚硬，施工进度十分缓慢。剩下最后6亩地时，4台推土机苦干了6天6夜还是未能把这块高地啃下。最后，承包人宁愿少要1万元，卷起铺盖扔下这块硬骨头走了。

河管处推土机班的年轻人披挂上阵了。4个小伙子咬着牙，一边浇水一边干，不分白天黑夜。初冬，夜里荒原格外冷。机车陷住了，还得用手挖泥。不到20岁的于伟冻得哭出了声，但他强忍眼泪接着干。经过一番苦战，小伙子们竟靠3台推土机用2天2夜将这块硬骨头啃了下来。

河管处技术员张先悦从工程一开始就吃住在工地，已是2个多月没进家门。一天，他来不及洗去身上的尘土，匆匆搭便车回到家里。一进门，家里养的看门狗竟然认不出他了，冲着他狂吠。媳妇从屋里走出来，把他端详了好一会儿，半开玩笑地问：“同志，您找谁呀？”张先悦这时才恍然大悟，自己变了样……不禁哑然一笑。

一个月后，河管处准时将平整好的130多万平方米地交给指挥部。康克俭对黎仲康说：“你为柯柯牙绿化工程立了头功，人民感谢你！”

土地平整之后，道路问题便显得日益紧迫：运送人员及树苗，还有后期的林带养护等工作都离不开道路。这时，康克俭想起一个人来。

“通知交通处处长王殿武！”

柯柯牙绿化工程现场，王殿武皱着眉头，来回踱步，心里想：“指挥部要求在年底前修好道路，现在已是11月中旬，时间紧，工程量大，又缺少必需的资金……困难太多，恐怕……”

“没有困难，我要你干什么？要干，而且要干好！”康克俭说。

“修路要钱。没钱，没法干！”王殿武倔脾气上来了，杠着说。

“要有钱，还找你?!”康克俭说罢当场宣布：王殿武是副总指挥，负责修这条路。

康克俭深知这位“老交通”的“神力”，不然他不会点这员大将的。他拍了拍王殿武的肩头，然后坐上车走了。

果然，王殿武不负众望。他想出了让城区所有单位的车辆在规定时间内无偿拉运砂石料，且推土、刮路同时进行的点子。半个月之后，一条宽8米、长7000米的砂石路出现在人们面前。其修建速度之快、质量之好，令人咋舌。

修路的同时，数万劳动大军开赴工地，开沟打埂。

指挥这场大战的是常务副总指挥何俊英。一提起他，人们就会想到梁山上那位足智多谋、精明强干的军师吴用。

城区428个单位参加义务劳动，前后共计8万人次，要把这样庞大的劳动大军安排在长7000米、宽200米的工地上，可不是件容易的事。何俊英跑前跑后，直至喊哑了嗓子。工地上每天都出现许多意想不到的问题和难题，但这些难题一到他手中便迎刃而解。大家都亲切地称他为“何点子”。柯柯牙一期第一阶段结束后，他仍然奔波忙碌于工地上，筹划下一步的工作，再粗心的人也会发现他瘦得几乎没了人形。人们不禁发出赞叹：“共产党人是特殊材料制成的!”

一天，何俊英径直走进地委矮小的两层办公楼，火急火燎地推开地委书记办公室的门。颉富平从办公桌后抬起头来，微笑地看着他。

“老毕还是有顾虑，成活率没法保证。”何俊英气喘吁吁地说。

“要应对风口气候，必须找到苗木抗风的技术措施，包括树种选择。这回就是逼着他骑虎上山，拿出办法来!”颉富平语气坚定。

地委书记办公室一时寂静无声。

颉富平沉吟片刻，起身将案上文件叠好。

“走！”

“去哪儿？”何俊英习惯性地看一下表，下午6点。

“去工地找老毕，他一定在那里。”

太阳已西斜，余晖下的柯柯牙荒原愈发显得悲凉苍茫。

毕可显蹲在地上，抓起一把土放进手掌，食指在掌心间轻轻拨拉，然后捏起一撮土放上舌尖。片刻，他皱起眉头，摊开手指，任由黄土从指缝间流下。沙质土贫瘠如此，不能保水保肥，何况还有利刃般的西北风，小树苗怎能招架得住！

“除了土质差和缺水，最怕的还是这里的恶劣气候。”毕可显说。

“从初始的勘察到第一批试验性树苗的成活，多少个日日夜夜，咱们都这样过来了。”颉富平拍拍毕可显的肩膀说，“我看，明天，你就去气象局查阅风口气象资料。我们会有办法的！”

从地委书记和蔼但坚定的眼神里，毕可显看出，柯柯牙工程一定要搞，并且必须搞成功。毕可显感到了压力，但他也从颉书记的理解与信任中获得了动力。他清楚地知道地委书记会给他一切支持，而他要做的就是坚持再坚持。

经过冬春引水压碱，毕可显在58个剖面上取样化验，结果正如他预料的那样：沟内土壤盐碱含量从原来的5.85%降至0.82%！

副总指挥康克俭为之庆贺，对毕可显说：“你太神了，盐碱被压下去这么多！”

神奇的事还在后面。柯柯牙绿化一期工程所植的358800株各类树木成活率竟然达到85%以上，而胡杨、沙枣的成活率达到100%！

1987年秋，亘古荒原一派生机，4000亩林苗枝繁叶盛，枣树当年便结了枣。自治区林科院专家看了之后，都不相信这是当年植的树。

是的，这是奇迹。

1988年秋，何俊英看着挂在枝头沉甸甸的红枣，向颉书记建议，给每个单位一个红枣果篮，让劳动者尝尝他们用汗水换来的甘甜果实。他说这话的时候，眼睛里闪烁着晶莹的泪光。

地委审时度势，在胜利完成一期2万亩规模的基础上，又规划了二期柯柯牙绿化工程。而从规划第一期工程开始，他们就考虑到，柯柯牙绿化工程要走生态功能和经济效益并重，以林养林，最终使林业产出在大农业中的比重大为增加，成为支柱产业的道路。这就确定了工程的长期性。第一代创业领导班子对此树立了一个坚定的信念：功成不必在我！

继任的地委书记们又规划了三期、四期、五期及至更多……

中共阿克苏地委在不同历史条件下，始终如一坚持不懈地推进柯柯牙绿化工程逐步扩展。1996年，柯柯牙被联合国环境保护资源委员会列为“全球500佳境”之一。

薪火相传，才能持之久远。

中国革命事业和社会主义建设取得一个接一个的胜利，最根本最宝贵的经验就是有前赴后继、不懈奋斗的革命传统和不朽精神。

昔日左公柳，今朝颉公杨。

“左公柳”之誉，源自晚清重臣左宗棠西进收复新疆时沿途植柳之举。左公命令筑路军队在大道沿途、宜林地带和近城道旁遍栽杨树、柳树和沙枣树，名曰“道柳”。其用意在于：一是巩固路基，二是防风固沙，三是限戎马之足，四是利行人遮凉。凡他所到之处，都要动员军民植树造林。后来人们便将左宗棠和部属所植柳树，称为“左公柳”。

“颉公杨”在某种意义上是对“左公柳”所象征的生态保护和建设理念的传承与发扬，而更重要并具更深内涵的是：它代表一种精神，一种能够传之久远且能激励共产党人无私奉献的精神。

五、绿色丰碑

一座丰碑，凝聚着万千劳动者的心血。今天当看到傲然挺立于亘古荒原之上的柯柯牙绿化工程这座绿色丰碑时，人们永远不会忘记万千个在柯柯牙绿化工程中忘我奋斗、无私奉献的人。

“柯柯牙的每棵树都像是我的孩子。”满头白发的依马木·麦麦提用粗糙的双手抚摸着高高耸立的白杨树，充满感情地说，“我看着这一棵棵树从幼苗慢慢长成参天大树，在这个中间，树都经历了什么，我知道，我经历了什么，树也知道。我和这些树的关系就像父子！它缺水了，得病生虫害了，我都知道，因为我的心与这些树是连在一起的！”他说到这里，面容舒展，但他深陷的眼睛里却透着眷恋和不舍。“可是我现在退休了，离开这些树了，我心里难受。过去，我天天都高兴，现在虽然日子过得很好，但没有以前那样子高兴了。”他有点沮丧。

那是30多年前的一天，在塔里木大学任教的依马木·麦麦提心情很好，他与阿克苏地区第一中学校长谈妥了工作调动的事，不久他将重回家乡阿克苏，一来在一中任教师，二来与父母和妻子儿女团聚。可是他在从乌鲁木齐出差回来的路上，遇到了老同学——时任阿克苏地区林业处副处长的艾斯卡尔·卡斯木。而这次偶遇，却让他的大半生与一个叫柯柯牙的地方纠缠在一起。

老同学说：“你是个不可多得的人才，是人才就应该放在人才应该去的地方。”依马木·麦麦提听着这番话心里很舒服。当然，这也和他的好心情有关。接着，老同学讲了好多话，包括同学情谊，亲人亲情，但最关键的是讲人才要有用武之地，要为家乡、为社会做贡献。这样掏心掏肺的话有很长时间没有听到了，依马木·麦麦提着迷了，因为那会儿他还很年轻，有理想还有热血。于是他告别讲台，来到刚刚成立的柯柯牙林管站，出任站长。

第一次去实地考察，他看到的是沟壑纵横、寸草不生的茫茫荒滩。他的眼被漫天的沙尘迷了。他一脚踩空，身体顺势滑入一个深沟，掉在了半坡上。他费了很大劲才爬上来，回头看了看那沟，深达十余米，沟底尽是浮土，如果不慎坠落，恐怕会被埋在深深的浮土里。他感到后背沁出了冷汗，有些后怕。世界真是奇妙莫测。当年河管处一辆推土机为堵刚竣工的柯柯牙水渠因试水而被冲毁的决口，也坠入这条深沟，最终因无法拖出而永埋沟底。而这条沟的部分原貌仍保留至今，是如今柯柯牙最著名的纪念地。

这个鬼地方，是个连野兔和黄羊都不见踪影的蛮荒之地，怎么能种活树？依马木·麦麦提在心里嘀咕：一年四季，365天，有300天天天都刮风！别说是棵树，就是有座山，也会被年年月月日日都在刮的风刮没了！严酷的环境令他心生悲观，甚至是绝望。

他跟头绊子跑回阿克苏后，气呼呼地找到老同学，质问道："柯柯牙的那个什么站长我干不了，明天我就回学校！"

老同学起先愣了一下，看到他灰头土脸狼狈不堪的样子，就明白是出了什么事。老同学笑了，而他却怒气未消。老同学官气十足地说："你这个站长我管不了。按干部管理权限，你得去找地委副秘书长何俊英。"老同学笑嘻嘻地指着地委方向，说完狡猾地眨了眨眼，意思很明确：你有胆你就去。

依马木·麦麦提被激怒了。他向地委副秘书长、柯柯牙绿化工程常务副总指挥何俊英递交了辞呈，说："您知道，我原来在大学里教书育人，环境干净幽雅，工作体面，受人尊敬。柯柯牙那地方不适合我，我还是去一中当老师吧！"

何俊英说："柯柯牙现在很荒凉，工作条件很艰苦，但我们现在创业，几年后或十几年后，柯柯牙就会大变样！那时荒原就会变为绿洲，变成百果园！现在我们亟须人才，你在柯柯牙一定能发挥出很大很好的作用。阿克苏人民需要你。难道你就这样轻易地放弃能让你尽情施展才华的机会吗？有句话说，青春无悔啊！"

依马木·麦麦提回到家，一夜辗转反侧。他想：我是个男人，难道要被吓破了胆吗？我更是一名共产党员，在困难面前不能退缩。而且到林管站工作，也可以让自己的专业优势发挥最大作用。再说了，还有地委和指挥部的全力支持，苦点累点算什么，青春无悔呀！翌日清晨，这个土生土长的阿克苏人背上一口袋馕，再次出现在了柯柯牙植树工地上。

这一待，就是30年。

树栽起来了，考验还在后头。要保证成活率，浇水、施肥、管护，一刻也不能松懈。依马木·麦麦提和3名技术员，一共4个人、8条腿，就像织布机上的梭子，从核心腹地到角角落落，每天都要走上二三十千米。

"起初的3000亩防风林就是沉甸甸的责任，如果树苗在我手上死了，那就是我的责任，我就辜负了阿克苏各族人民的期望！"

第二年秋天，亘古荒原出现一片绿意。依马木·麦麦提和其他3名技术员那紧绷的黝黑粗糙的脸舒展了，露出了笑容。但他们很快将笑容收起，又投入更为艰难的果林管护中。

"把青春献给柯柯牙，值了！"

这是柯柯牙防护林管理站护林员麦麦提明·阿木提说的话。

那年的风很烈，从年初一直刮到年尾。1987年春，麦麦提明·阿木提从风景如画的温宿县博孜墩山林中调回温宿县城。作为天山林场的职工，他主动申请到柯柯牙林管站工作。一到柯柯牙，他就遇到了历史上罕见的大风。他背上一袋馕就上了工地，在大风中，他的身体被吹得直晃。引水毛渠垮了个豁口，他奋力用砍土曼挖土填堵。守住水，就守住了树，更守住了希望。

俗话说，树不管不成林，人不管不成人。树种上了，管护是关键，放水、补种树苗，每一个环节都不敢松懈。白天带着馕，饿了，渠水就干馕，夜晚钻进地窝子，盖着的被子上覆着一层厚厚的沙土，一到早上又灰头土脸地跑进工地。他管护着200亩树林，从17岁到50岁，把青春留在了柯柯牙的林海中，白发渐渐布满他的双鬓。

“这里的每一棵树都有故事，而树的故事，我都知道，因为我手上的汗水都留在我管护的每一棵树上。”麦麦提明·阿木提说。

他每天都会去看望一棵树，它参天的身姿很明显高于相邻的树。“这是我最亲的孩子。”他抚摸着那棵树说。

这是树的故事，也是他孩子的故事。

他在柯柯牙林管站的一套红砖房里结了婚，有了一个孩子，是女孩，美丽而可爱，就像他美丽的妻子。他给女儿起名艾提尔古丽。维吾尔族女孩的名字，大多叫古丽。古丽就是花的意思。艾提尔古丽，就是玫瑰花。艾提尔古丽，念出来有着明快的音韵，还有浪漫的隽永。有古老的民歌唱道：“玫瑰花一般美丽的姑娘啊，是最明亮的星辰……”维吾尔族人酷爱玫瑰花，喝的茶里有玫瑰花，吃的馕里有玫瑰花酿成的甜香蜜酱，且门前院落都植有姹紫嫣红的玫瑰花。他给女儿起这个名字，希望她有玫瑰花一般美丽的心灵和容颜，当然也包含着绿色的希望。

麦麦提明·阿木提干起活来从来都舍得出力，有了孩子之后，他干得更卖力了。那年春天，正是给林地浇水的关键时期，他一连十几天没回家。忽然有一天，妻子捎话说孩子病重。他想孩子的病一定很严重，不然妻子不会让人捎话。他管护的林子离在林管站的家有十几千米，而林管站又离城区近10千米。他借了辆自行车就往家里赶。在妻子悲痛欲绝的哭声中，他看见他美丽的古丽枯萎了……

当他把孩子埋葬在这棵白杨树下后，他唱出一首歌："树根对着泥土说，看我们的女儿绽放青春的花朵……"

歌声中的悲伤与他的泪水浇灌着这棵树。每当他歌唱时，即使没有风，树叶也哗哗作响，他说这是他和孩子的对话。他每天都来唱，有时唱到声音嘶哑。失去幼女的揪心的痛，一直深深地埋在他的心里。这棵树在他的歌声中渐渐长大，长成了一棵挺拔俊秀的白杨。他心里想，孩子也一定对柯柯牙充满期望——有更多的绿色，有更多的花香。

如今，每年春季，成千上万亩苹果花盛开在柯柯牙这片土地。这里也曾演绎过许多有关苹果的故事。

基干防风林建成后，柯柯牙绿化工程指挥部就开始大规模种植苹果、红枣、核桃、葡萄等经济林。随着造林面积扩大，管护便成为紧迫问题。继任地委书记康克俭动起了脑筋：必须搞一个新的管护运营模式，先试行，再推广。于是出台了"防护林每亩补贴15元，经济林不缴租金不缴水费，林管站免费提供技术指导"的政策。林管站从1987年开始招募承包户，相继从天山林场、实验林场、佳木林场以及相邻县市招来了200多户。

承包户大个子张新洪原先在阿瓦提县种植棉花，每到采摘时节，身高一米八的他整天弯腰摘棉花，累得腰都直不起来。说到来柯柯牙种树，他常说："我的想法很简单，只要不摘棉花就行了。"

谁知，种果树一点儿都不比摘棉花轻松。

"桃三杏四梨五年，想吃苹果等七年，枣树当年就换钱。"这是阿克苏农技人员常说的一句顺口溜。林管站给张新洪选择的，恰恰是鼎鼎有名，但挂果周期较长的冰糖心苹果。

第一年，冻土太厚，死了；第二年，肥料不对，没活；第三年倒是开了满树花，可一阵沙尘把花打落、把蜜蜂赶跑，愣是没结出几颗果。

“你们不是说一亩果园十亩田吗？现在咋说?!”张新洪终于绷不住了。他赶到林管站想讨个说法。

依马木·麦麦提满身尘土地站在田埂上，弓着腰研究着苹果树，两眼通红，一言不发。

第五年，苹果树上挂满了果实，张新洪乐呵得天天在承包地里精心照料。不料，就在采摘前的一个下午，一场20分钟的冰雹，让一年的努力付诸东流。张新洪心痛得整夜睡不着觉。

张新洪的遭遇不是孤例，几年下来，选择退出的承包户不在少数。可张新洪选择了坚持。第七年，苹果终获丰收。

阿克苏人渐渐发现，在柯柯牙，除了春夏的绿色，秋季也会出现连绵的红色。

此后的岁月里，红彤彤的苹果与红枣供着孩子念完了大学，供着张新洪一家人住进了城区宽敞的新房。洒进新房的是明亮的阳光，沙尘暴越来越少，即便有扬尘，比起过去，污染程度也大为减轻。这批果树经过精心管护，还能有20年的出果期，而他家的农家乐与采摘园，也已红红火火地开业了。说起苹果树，张新洪脸上洋溢着幸福的表情。

与张新洪前后脚来到柯柯牙的北疆木垒县农民甘永军，经历了与前者一样的痛苦煎熬，也收获了一样的幸福欢乐，并更进一步拓宽了致富的门道。2002年，甘永军在自家20亩果园里建了4座蒙古包，并配备了4张宽大的木制餐床，开起了阿克苏第一家农家乐。立足于果园的优质生态环境，他的农家乐主要经营生态休闲游和绿色餐饮，并适时增建了宴宾厅与民宿。甘永军顺应时代风潮，成为阿克苏果农中第一个吃螃蟹的人。这是他的二次创业，并获得了成功。甘永军在市里最好的小区买了新房，开上了价值30万元的城市越野车。农忙时他的果园最多时候雇用20余人，每个雇工一天可挣到200元。

甘永军的经历，启发了周边各民族果农。各类特色农家乐在柯柯牙竞相开业，并带动了相邻县区的果农兴办各类绿色休闲度假农家乐，增加了数千个就业岗位。

柯柯牙绿化工程不仅使柯柯牙成为阿克苏乃至新疆最大的人工森林公园，还开创了生态效益与经济效益相结合建设和发展绿色生态林产业的新路径。

柯柯牙的果树在绿化治沙的同时，已成为阿克苏农民的“果树银行”和“幸福果”。而这种在荒漠半荒漠地区搞起来的大型生态治理和建设新型林产业模式，吸引了众多企业和投资商参与，并在阿克苏地区广泛推广。一场宏大的林业建设高潮在塔里木盆地北缘的大地上蓬勃兴起。

2005年，时任阿克苏地委书记的朱昌杰提出将阿克苏地区建成“中国果园”，把阿克苏市建成“中国冰糖心苹果之城”“森林之城”的宏大构想。2007年，60多万亩果园环绕阿克苏市。同年，阿克苏市获得西北地区首个“国家森林城市”称号。2008年，阿克苏地区林果面积达到560万亩。

六、金山银山

习近平总书记说：“绿水青山就是金山银山。”

2018年金秋，在柯柯牙冰糖心苹果园里，阿克苏地委、行署举行“天山月·塔河浪·大漠情——绿水青山阿克苏之赞”中秋茶话会。

“颉书记回来了！”参加茶话会的干部群众沸腾了。

86岁的阿克苏地委原书记颉富平受阿克苏地委、行署之邀重回柯柯牙。32年前，颉富平书记率领阿克苏人民在这里开始了伟大的柯柯牙绿化工程。32年来，七任地委书记、行署专员亲自挂帅，一张蓝图绘到底，先后组织310多万人次进行了41次全民义务植树大会战，筑起了集生态林、经济林于一体的防风治沙绿色长城。亘古荒原、风沙之源，变成了生态屏障、绿洲果园。

往昔“漫卷狂风蚀春色，迷蒙黄沙掩碧空”，而今“风拂杨柳千顷绿，水润桃杏万园红”的柯柯牙，已累计造林120余万亩，薪火相传、不懈坚持，成就了“绿水青山就是金山银山”。

如今这昔日的亘古荒原已是举世闻名的森林公园，有花红树绿瓜果香的塞外胜景。凭着优质资源和优良生态环境，柯柯牙林区以及周边地区吸引了众多投资商在这里建设与林果业相关的加工厂。阿克苏市正在实现区域经济与生态环境的可持续发展。

当颉富平再次站在这里，他想起33年前的那一幕。在狂烈而冷酷的漫天风沙中，他带着7位同志站在一道高坎上，面对着柯柯牙荒原发出了铮铮宣言：今天这里是荒漠，明天就是花果园！

他又回忆起69年前任晨副参谋长面对着阿克苏城发出的誓言：“这里自古就是中国的土地，今后我们一定要建设好！”

现在可以告慰任晨副参谋长，告慰曾为解放这片土地献出生命的革命烈士和为建设这片土地流血流汗、贡献青春年华的创业者了——我们的初步梦想就要实现了！

满头银丝的颉富平老书记精神矍铄地步入会场，时任阿克苏地委领导迎了上来。柯柯牙绿化工程的开创者颉富平书记与阿克苏第七任地委书记的双手紧紧地握在了一起。这是历史的瞬息间，却是历史的相接，更是历史的延续。

地委领导说：“欢迎您，老书记。阿克苏人民欢迎您！柯柯牙欢迎您！正是您和地委的果敢决策，才有了今天柯柯牙百万亩林海造福于阿克苏各族人民。”

“我和当时的地委一班人做了应该做的，顺应了人民群众的要求。沙尘危害的日益加剧，逼着我们植树造林，阻挡和治理风沙。真正的英雄是阿克苏各族人民，是他们创造了柯柯牙奇迹。”颉富平说。

柯柯牙绿化工程，实证了习近平总书记提出的绿水青山就是金山银山的生态文明建设理念。2017年12月18日，中央经济工作会议在北京召开，会上，习近平总书记指出：“从塞罕坝林场、右玉沙地造林、延安退耕还林、阿克苏荒漠绿化这些案例来看，只要朝着正确的方向，一年接着一年干，一代接着一代干，生态系统是可以修复的。”习近平总书记的“两山”理论，从根本上廓清了人与自然的关系，打破了生态保护与发展建设的人为对立，树立了保护自然就是保护人类自己，保护并改善生态环境，才能更好地可持续发展的理念。

颉富平若有所思地说：“我们要牢记总书记的话，尤其在新疆。”

看2017年的卫星照片，可以发现一大片的绿色从天山脚下由北向南，一直铺展到第一师六团垦区。阿克苏市和温宿的北部、东部与南部均被绿色覆盖。原先居住在这个荒漠环线上的老百姓说，30年前住在荒野里，30年后没挪窝，却住进了花园里。这是生态好转的真实写照。阿克苏的区域生态环境大为改善，雨水多了，沙尘天气减少了。

当完成120余万亩造林面积后，以柯柯牙工程为核心，阿克苏地区荒漠化治理多点开花：温宿、库车、沙雅、新和、乌什、阿瓦提……在生态环境治理方面都有了大的作为。

绿洲面积正在逐步扩大。2016年乌什县托什干河生态治理工程规划面积20万亩，分5期实施，已于2020年完成。在新时代，以现在的柯柯牙绿化工程为原点，在科技、资金和政策支持下的生态经济林的种植，正迅速以更快的速度和广度向远方扩展。

2015年，阿克苏地委启动了阿克苏河、渭干河流域“两个百万亩”生态治理工程，总规划面积234万亩，短短3年，847万株树木种在了湿地周围的戈壁荒漠中。通过多个项目的实施，如今全地区湿地面积增加了200多万亩，有276种野生动物在其中繁衍生息。阿克苏市多浪河国家湿地公园内的各种水禽特别是白天鹅的数量年年成倍增加。2018年，在距阿克苏市40千米的空台力克区域又启动了阿克苏地区荒漠化治理的第四个百万亩绿化工程，于2020年完成造林及封育任务。2020年再启动阿克苏市阿瓦提县艾西曼区域100万亩生态修复及荒漠治理工程。

“阿克苏要把生态环保、宜居宜业打造为核心竞争力。”2018年这场中秋茶话会上，地委书记向颉富平汇报道。

一边是仅土地出让金就达十几亿元的房地产项目，一边是需要投入7亿元的森林公园，如何选择?

“要给市民留下生态休闲的空间。”2017年8月，阿克苏地委几经权衡，与原先开发商解除了协议。在这片距阿克苏市中心3千米的黄金宝地上，一株株来自世界各地不同树种的树在这里落地生根。2018年6月，森林公园在阿克苏市城区建成并向市民开放，与同期推进的多浪河国家湿地公园一起成为新的城市绿肺。城在公园中，是阿克苏市建设和发展的新理念。

“你们比我们干得好!”颉书记不由得赞道。

这时，颉富平看见了毕可显，两人高兴地握了手。

“又几十年没见了，你的身体还很硬朗呀!”颉富平端详着毕可显，问候道，“老毕，我记得你比我年长些?”

毕可显说：“我比您大3岁，今年89岁了!”

颉富平爽朗地笑了。

“老何，何俊英呢?”

毕可显久久没有回答，双眼含着眼泪哽咽着答道：“老何他……他去年离世了……”。

颉富平眼睛也红了，情不自禁地与毕可显相拥在一起。陪同参观的领导们也黯然泪下。

何俊英虽已逝，但他的精神依然活着！柯柯牙精神永远不朽！

正午，骄阳下的柯柯牙林海绿波荡漾，一派生机勃勃的景象。

第六章　百年王三街

一条古街，演绎阿克苏的百年传奇。在阿克苏，王三街是唯一一条以人名命名的城市街道。那么王三是何许人也？要想了解王三其人，必须从天津商人“赶大营”说起。

一、赶大营

“赶大营”是个承载历史记忆的词。

清朝结束后的第二年，天津商人王忠贵带着一个不满2周岁的男孩离开阿克苏。那天刚过正月，阿克苏的天气晴朗，北向的天山群峰很清晰地雄峙天际，有凛冽的寒风吹过，街面上的水洼依然结着冰。王忠贵是从东门出的城。东门楼在晨雾中时隐时现。他怀抱着孩子坐在马车上，回头望了望送他的维吾尔族汉子麦麦提·卡日，挥了挥手说：“15年后再见。”言罢他便出了东城门，将麦麦提·卡日扔在了身后。而他的前面是高于阿克苏城的黄土漫漫的高耸的卡坡，然后便是铁青色的戈壁，它不屈不挠地铺展至望不见尽头的远方。他知道，戈壁的尽头还是戈壁，还有连绵的雪山与疾如旋风的马匪。等越过黄河，穿过燕赵平原，顺着皇城根径直再向东走便抵津门——他的家在杨柳青镇。

王忠贵来自天津杨柳青，在他爷爷那辈，王氏家族便随左宗棠西征清军进入新疆，当时是肩挑小篓追赶西征军大营做生意，谓之“赶大营”。

清朝光绪年间，来自中亚浩罕汗国的军阀阿古柏趁清政府无暇顾及西北边疆，在英国和沙俄的支持下，攻占新疆的大部分城市。1875年，清廷任命左宗棠为钦差大臣，西征阿古柏，收复新疆。

到新疆路途遥远，途中多荒漠之地，人烟稀少，为粮饷发愁的左宗棠下令招募商贩随军出关贩售，配合解决军需供应。以天津杨柳青船工安文忠为首的数百名杨柳青人，看到这是一条谋生之路，积极应募。随后，众多的天津杨柳青人前赴后继奔向新疆，时有“三千货郎遍天山”之说。而实际进入新疆的杨柳青及周边民众远不止三千之数。

杨柳青人肩挑货担，跟随左宗棠的进疆大军，开始了史无前例的艰难行程。他们肩挑小篓，趸上针头线脑、药品及日常生活用品，追随西征军大营进入新疆。一路上，他们为军队提供补给，同时还为左宗棠大军运输军粮和弹药。他们的货郎担里贩售的物品有毛巾、肥皂、布袜、腿带、针线、茶、烟、糖、辣椒、常用药等等，就是这些不被人注意的针头线脑成为连接天津与新疆的一条血脉。杨柳青人就是靠这样一点一滴的积淀，使天津人的精神、天津人的语言甚至天津人的味道遍布天山南北。

最初赶大营进入新疆的杨柳青人，紧密配合西征军收复新疆。他们出生入死，为部队提供了坚强可靠的后勤支援，为收复祖国西北边疆立下了赫赫功勋。很多人甚至为此英勇捐躯，成为客死异乡的无名忠士。

光绪三年（1877年）清军收复新疆时，随军的杨柳青商贩逐渐形成规模庞大、财势雄厚的“天津商帮”，即俗称的“天津帮”或“津帮”。后续的杨柳青人进疆谋生就称“上西大营”或“跑西大营”。“赶大营”

是“赶西大营”的简称，“上西大营”或“跑西大营”是“赶西大营”的继续和延伸。进疆赶大营的人，则被称作“大营客”。大营客们生意做大后，把大量新疆土特产运进中原地区，又将大量中原地区商品运进新疆，极大地促进了新疆与中原地区的经贸往来，并促进了古丝绸之路沿途省区特别是天津经济贸易的发展。

赶大营不仅给杨柳青人开辟了一条致富路，给杨柳青古镇带来新的发展机遇，还引发了“百艺进疆”的恢宏场面——各行各业的杨柳青能工巧匠进入新疆，为西北边陲带来一股股新风。商业和百艺不仅促进了新疆经济的发展，而且起到了促进文化融合的作用，大大增强了各民族之间的凝聚力，为巩固边防起到了不可估量的作用。

赶大营，步步艰。一路风霜雨雪，烈日炎炎，多少怀揣发财梦想的杨柳青人殒命戈壁沙漠，梦断西行途中。乡亲们用黄沙掩埋了他们的尸骨之后，做上标记。新疆气候干燥，人死入沙土后尸身不烂，水分蒸发完后即为干尸，筋骨相连，须眉皆存。等有朝一日，乡亲或者子孙返回家乡时，用裹尸袋包装上干尸将其运回家乡杨柳青。客死他乡的大营客就这样被归入祖坟，落叶归根。

如今，散落于天山南北的津帮后裔还有很多，他们默默无闻地生活在异乡，津门习俗虽未大改，却也融入这片土地，被称作老新疆。

二、15年之约

王三的故事诠释了近代新疆各民族交往交流交融的历史。

在阿克苏经商的天津商人王忠贵，因一场突如其来的瘟疫结识了一个名叫麦麦提·卡日的维吾尔族商人和他的家人。

那是民国元年即1912年的初夏，疫病最初发生于和田、于田、洛浦三县，一年后波及南疆各地，甚至乌鲁木齐、伊犁等北疆地区。据目睹者谢彬在他的《新疆游记》里记述：当时洛浦一县死亡就达30200余人。和田一带由于死亡人数太多，十室九空，土地荒废，无人耕种，地价减半亦无人购买。又据记载，这种传染病的症状为头痛发热，口渴，不思饮食，或是颈部、肋部生长痈疽，或是吐血、腹泻，两三日内即死。一家中有一人得病，便传染全家，几天内，全家都难以逃脱死亡的悲惨结局。幸免于死者，万人中也不过几人。

清末近百年，在外国势力干预下，新疆动乱频仍，经济凋敝，民不聊生。加之新疆远离中原，交通闭塞，长期以来文化落后，医药卫生条件极差；群众又束缚于宗教迷信，不信任科学，使病疫不易迅速控制；另外南疆地区对水源卫生向来不重视，人畜共饮涝坝水，这是流行性瘟疫高发的重要原因。

发生在1912年的这场大瘟疫，颇能发人深思。

起初，瘟疫来的时候大伙儿并不是很在意。虽然从和田那边传来的消息说死了好多人，但人们将信将疑，并未惊慌。等看见瘟疫很快蔓延开来，许多人倒下来，一家人在几天里全死了，这时，恐惧才和瘟疫一同迅疾扩散。有人开始逃离，带着简陋的行李向山区逃，其中有人在半道上倒下来。

瘟疫从农村蔓延至城郊，有市民去疫区感染了，回到城里再传染给家人，又扩散开来。城里人惶恐不安，家家门户紧闭，但仍挡不住瘟疫传播。

在城里做生意的王忠贵看到这种可怕的情景，便忙于去救人命。他曾在天津草学过中医，懂得些解毒防疫的药方。这是赶大营的津门商人必备的技能，在缺医少药的边疆跑买卖，要想生存下来，粗通医术是保障。做生意的津商遍布南北疆，和田等地暴发瘟疫，懂医术又有进口西药的津商便如同有了保护神。在疫情刚暴发时，精明的王老板从省城进了一些西药，盘算着能赚一笔。但看到瘟疫对人们的伤害是那般残酷，城中每天都有许多死人被运出城，悲惨的景象触目惊心，他便放弃了赚钱的念头，带着汤药和西药，戴上面罩去救人。街坊邻居不肯接受他送去的药品。他焦急万分，苦苦相劝，却不得认同。他眼睁睁看着平日里常见的邻里接连痛苦地死去，泪如泉涌。一天，他遇见了感染瘟疫的麦麦提·卡日一家人。他拿出药对麦麦提·卡日说，把汤药和药片喝下去就能救命。麦麦提·卡日看着妻子和不满2周岁的一对双胞胎儿子，不停地流泪。最终，在王老板的劝说下他喝了汤药和药片，妻子和孩子也服了药，麦麦提·卡日一家人得救了。王老板又跑去政府求助，这时省城派的医生也到了城里，他便与医生一同救治市民。疫情最终得到控制，王老板的仁心义举，让阿克苏百姓牢记在心里。

天灾流行，赤地千里！瘟疫过后，阿克苏满目疮痍，生意也日渐清淡。于是王老板便打点行李，收拾好新疆的干果毛皮等货物，准备返回天津杨柳青。麦麦提·卡日得知消息后急匆匆来到王老板家中，说："您要回老家去，此生将难再见。您的大恩大德重如天山，我难以报答！唯有双胞胎儿子送您一个，您养他成人后给您养老送终！"

王老板见此，将男孩抱在怀中答道："我老家中已有一对儿女，按排行，他就是我家老三，大名就称呼他'王福财'。您的双胞胎儿子，按维吾尔族叫法是艾山和玉山，他的小名就叫'王三'。"言罢，他又说，"15年后，我带他重返阿克苏，届时我们再相见吧！"

果真，15年后，王老板带着王福财回到阿克苏。但此时已物人全非，王老板遍寻麦麦提·卡日却不得他的踪影。有人说，王老板走后的第二年，麦麦提·卡日的妻子因病去世，他自己也生了重病。为了治病，麦麦提·卡日领着孩子离开了阿克苏，究竟去了什么地方，就不清楚了。王老板心想，麦麦提·卡日治好了病，一定会回来与他相见的。于是，王老板在阿克苏城西城墙外购置土地，开菜园、植果树、建花圃，行善医，筑道路，修建市场和商铺。各族群众纷纷称赞王老板的善行。商户们聚集于此，这里的商业也逐渐兴盛起来。当地群众便将王老板修建的市场称为“王三街”，阿克苏最有名的百年商业古街由此开创。王三街不仅是阿克苏唯一以汉族姓名冠名的古街，更是维汉一家亲和民族团结的历史写照。王老板开辟商业街既为自己的生计，更为践行当年信约，等待王三亲生父母。而这漫长的等待，使天津商人王忠贵长眠边陲小城阿克苏。而王三则因此定居在他的出生地——阿克苏河畔的白水城。

守信，是中华民族的传统美德。孔子说：“人而无信，不知其可也。大车无輗，小车无軏，其何以行之哉？”这就是说，一个人如果失去“信”，就像车子上没有连接车辕和车轭的插销一样，是一步也不能行走的。孟轲说：“人之所以为人者，言也。人而不能言，何以为人？言之所以为言者，信也。言而不信，何以为言？”王忠贵用他的行为诠释了守信的深刻内涵。他去世的那天，金色的太阳照耀大地，阿克苏城内外一片金黄，一只不知名的大鸟鸣叫着飞向天空。他在去世前给王三讲：“中国人立世讲五伦，即父子有亲、君臣有义、夫妇有别、长幼有序、朋友有信。诚信为本。切记。我走了以后，你就留在阿克苏，哪里都不要去，就在白水城等……”王三跪在床前，轻轻点点头说：“好。我照您说的做。”王三埋葬了他的养父，从墓地往回走。他看着炽烈明丽的阳光和一望无际的原野，被眼前的景象震撼了。他疯也似的往回跑，眼中迸射出炽烈的火焰，喃喃自语：“我喜欢这里！”

三、王三和他的后人

现如今的王三街东起北大街新华书店，与栏干路隔小十字相望，西至多浪河畔的一家亲饭店，总长约1000米。往昔的王三街更大些，包括现人民南路与人民北路以及王三街这一片区。

21世纪初，这条街曾被命名为新华西路。2005年，经多方呼吁后又恢复了原来的街名——王三街。古街名，一方面承载了历史，另一方面呈现出这座美丽的边陲城市的文化底蕴。

王三街片区并无王三的后人，并且，王三的旧宅也了无踪影。盛夏，我跟随王三的孙子王维汉去寻找王三的旧宅。我们来到西广场，王维汉指向紧挨着王三街的一大片地方说，那里曾是他曾祖父和爷爷的老宅及果园。我顺着他的指向看过去，那里现在是繁华的商业区，地价昂贵。他又跺了跺脚，说脚下曾经是大巴扎和果园。我们站的地方是西广场的西北角。西广场曾是西郊农贸市场，俗称大巴扎，百年前为王姓天津商人所建。王维汉听他爸说，“文化大革命”前他家还住在这里。1971年他爷爷去世后，他家搬到了地区人防办。那里早先曾是阿克苏老城的东郊，有一条名叫清水河的小河，河水清澈见底，源自上游的泉流。紧邻清水河的是麦田，盛夏时节，那里一片金黄。20世纪80年代，城市扩张，清水河变成宽阔的街道，农田变为耸立的高楼。20世纪六七十年代，阿克苏有大小11条河渠，城市扩张后，大部分河渠被填埋，美丽的田野变成被高耸的楼群合围的城市广场和商业大厦。比如师一中前的人民南路，先前是护城河。“香港巴扎”前的北环路也曾是护城河。21世纪初开始的大规模城市建设如火如荼，城市的面貌日新月异。尤其是在城中绵延十数里的多浪河，风景如画，是国家AAAA级旅游景区。

王三街西路背依西广场，这一片在20世纪末旧城改造时，建设成为大型民族特色商品贸易中心和餐饮广场。

王维汉现供职于阿克苏电视台。“王维汉”这个名字是我起的，先前他叫作麦合买提·托乎提，并未从他父亲姓。改名缘起于天津电视台接他去天津寻亲，回来后，他说他要改名，让我帮他。我说："好，应该改名。你爷爷名讳王福财，是你曾祖父所起，你父亲名叫王世英，是你爷爷王福财所起。可他们的儿孙们姓名全变了。恢复王姓，证明王三家族有后世传人。"说完，我沉思片刻说，"你应该姓王，名维汉，意思很直白，很明了。"王维汉说："好，我这就去派出所改名。"两天后，他打来电话说名字改好了，语气中的那份快乐扑面而来。那天，阳光灿烂，微风中有无花果的甜香，城市里的楼群被阳光染成金色，如同油画一般美轮美奂。

我与王三后人的结识，缘于我呼吁恢复王三街街名，关注王三家族的历史，后又因工作关系，结识了王三之孙王维汉。2015年，中央电视台大型旅游节目《远方的家》摄制组来阿克苏座谈，希望我们提供特色线索或故事。我向摄制组推荐王三的家族故事，当时的阿克苏文联主席也同声力荐。后来，关于阿克苏的那一期节目中有一集的专题便是寻访王三后人。

关于王三的身世，传说很多，众说纷纭。民间有好几个版本：一种说，一位天津王姓商人家中有两个儿子，又收养了一个维吾尔族孤儿，视为亲生，排行老三。这个孩子就是后来的王三，经营果园花圃和小商铺。另一种说，王三的亲生父母是维吾尔族，因他父亲是个赌徒，把家里的一切都输掉之后，在一次赌局里，把自己亲生的双胞胎儿子中的一个输给了天津王姓商人。因王姓商人家中有两个儿子，他排老三，小名就叫王三，街坊都这么叫，大名就不知道了。再一种说，王三是汉族，是天津商人的后代，身材高大英俊，娶了一位漂亮的维吾尔族姑娘为妻。这些民间版本出自曾居住在王三街的老人口中。王三儿子王世英的世交说王三老家在天津，他是汉族人，他儿子王世英的户口和身份证都注明是汉族，并且他说一口流利的普通话，维吾尔语讲得糟糕透顶，还说王世英娶的妻子是维吾尔族，两人育有一儿一女。

更接近历史真相的应该是王三后人的叙述，当然也有民间说法相佐证。王维汉带我去了他姑姑家。她收藏了一些王三的照片和民国政府发的地契以及王三的财产清单，清单中包括大笔金银，可见王三当时的确是有钱人。

王维汉的姑姑用维吾尔语讲述，由他翻译成普通话。后来王维汉的妹妹比丽克孜也来了，帮着翻译。叙述时断时续，为了印证叙述的真实性，他们拿来照片让我看。那都是些有历史感的老旧照片，虽然陈旧，但显得十分厚重。这些记录远去历史的照片，并无王三幼时的影像，大多是王三成人后的单人照或与家人的合影。其中有一张合影似乎是在一个果园中照的。王维汉的姑姑说，这是在王三家的果园里照的，站在中间的是王三和妻子，背后是天津来访的亲戚，前排站着的两个小孩分别是王三的儿子王世英和她（王三之女）。两个小孩的年龄看起来有七八岁，男孩穿着衬衣和长裤，女孩穿着连衣裙。王三则穿戴西洋化，白衬衣，扎条纹领带，穿吊带裤，头戴礼帽，高耸的鼻梁上架一幅宽大的眼镜。王三的儿子王世英是1938年出生，以此推算，这张合影拍摄时间应在1950年之前。那么，王三的身世究竟是怎样的呢？

“王三不是汉族，而是维吾尔族。”王维汉的姑姑说，“你看照片。”我手拿照片端详，王三高大魁梧，肤色较照片中的其他人略白净些，气质儒雅，鼻子较高，眉毛浓密粗宽，眼窝略深。

在王三一岁多的时候，他的亲生父母患了一种流行疾病，得到了王姓商人的医治。他们为表达感恩之情，将双胞胎中的一个男孩送给了这个在阿克苏做生意的王姓天津商人。这个天津商人对待这个孩子如亲生一般，起名王福财，不久便带着这个孩子回了天津。15年后，不知什么原因，王姓商人又带着他回到了阿克苏。后来，王姓商人在阿克苏去世。

那时，王家在购置的那一片地上种了许多果树、花草及蔬菜，又建了商铺和巴扎，经营着药材生意，还将新疆的毛皮和干果贩到中原。

我查了《新疆地方志》，1912年，新疆发生了一场历史上流行地域最广、流行时间最长的瘟疫——霍乱。这场瘟疫曾使新疆特别是南疆经济遭受巨大破坏。新中国成立后，党和政府开展了消灭烈性传染病的人民战争，取得防治疫病的历史性成就。20世纪80年代到90年代，各地改水工程陆续完成，从根本上杜绝了霍乱的流行。旧社会“千村薜荔人遗矢，万户萧疏鬼唱歌”的景象一去不复返！

王三懂中医，会开处方，经常送医药给乡邻，乐善好施，使他在王三街渐渐有了名气，而他的特殊身世更使他有了更大的名声。后来，他迎娶了一位漂亮的维吾尔族姑娘，养育了两个孩子，男孩起名王世英。王三教他说普通话，送他到学校。后来王世英也娶了维吾尔族妻子，育有一儿一女。1957年王世英参加工作，退休前在地区人防办当维修工，50岁时因身体原因提前退休，1993年因病去世。

王维汉的姑姑正讲时，王维汉插话说：“我是1975年底出生的，没见过爷爷，听爸爸说，爷爷待人温和善良，从不大声说话，也不训斥孩子。爷爷爱读书，都是汉文书。”说着，王维汉拿出一本医书，是1959年上海科学技术出版社出版的《丸散膏丹集成》，书的扉页上书有“王福财”三个汉字。王维汉说这是他爷爷用毛笔写的自己的名字，也是留下的唯一亲笔笔迹。我仔细观看，感觉这三个字颇有些书法根底，说明王三曾习过汉字书法。王维汉接着说：“听我爸讲，我爷爷年轻时常去疆外做生意，再加上他自幼在天津长大，受到良好的教育和中华文化的熏陶，并且通中医医术，身上便带有儒雅的富商气质。因他乐善好施，这一带的各族群众都十分尊重他。”

民国末期王三曾在阿克苏警察局和税务局工作过，这些经历使他在新疆解放后历经坎坷。1971年底的寒冷冬天，王三去世，他与众不同而颇为传奇的一生从此结束。在他去世后的第八个年头，即1979年2月，政府落实政策时给予他的后人些许补偿。

我看着王三从少年到青年再到临近暮年的照片，他的一生如同电影画面清晰而逼真地在我眼前一帧一帧闪过。我的心情有些复杂。

他的后人谈起他，言语中和眼神里透出的是满盈盈的自豪，并发出感慨：民族和睦才是幸福之基。

看到王三的后人这样阳光与自信，我的心便畅亮起来。走出屋外，我看见盛夏的阳光猛烈地照射大地，亮灿灿地盈满天地之间。

姑姑讲述完，王维汉走近我身边轻声说，姑姑不是他爷爷亲生的，是后来收养的。姑姑的名字叫阿依仙木·艾山。

听完，我吃了一惊。

我问他："天津电视台接你去天津寻亲，找到了吗？"

他答道："没有。天津电视台报道了，却没有一点信息。"

"去杨柳青了？"

"去了。过去杨柳青是一个古镇，而现在，杨柳青只是个天津的地名，变化太大了，几乎没有老居民了。"他有点失望地说。

"找不到别沮丧，王三街仍然在这里。"我说。

王三街也发生着巨变，正在进行大规模改造，这条古街将成为国际大巴扎。

时光如多浪河水滚滚逝去，城市和人都在发生着变化，不变的唯有王三街街名。

王三的故事，浸满了历史沧桑。王三街的传奇，穿越时空流传至今。

第七章　柯坪往事

柯坪，人们知道这个词或者这个地名是在清代，缘起于1755年之后清政府在新疆的几次平叛战争。

一、边远而贫瘠的柯坪

柯坪位于阿克苏地区最西端，封闭在大山深处的狭小盆地之中，是一个路到头、水到头的地方。在1755年之前，有关柯坪盆地的记载几近于无。1902年（清光绪二十八年）设柯坪分防县丞，为温宿府所辖。时朝廷派一位官员到柯坪任县丞，在这之前他在伊犁任笔帖式。官员携家人及家佣一行乘马车赴任，从伊犁起程，长途跋涉，抵省城迪化（今乌鲁木齐），未及休整便往南疆，抵达柯坪南部的柯坪山时，时间已过半年余。他远眺柯坪绿洲，不由得吁出一口气来，叹道："柯坪，我来了！"但叹声未绝，八百里快骑已冲到马车前，递上一纸文书。打开一看，朝廷又对他另有任用：即刻启程速赴迪化听命。他挥泪告别柯坪山，跨上快骑绝尘而去。不知道这位未到任的县丞当时的心情是悲是喜，或可说是悲喜交加？

柯坪的山是赤裸无水的干硬之山，也无矿产，几无工业开采价值，加上当地缺水少地，且水是苦咸水，可谓“穷山恶水”。2020年以前，柯坪县是国家深度贫困县。过去有能耐的柯坪人往往选择背井离乡，远赴外地谋生，于是就有了“在外地的柯坪籍人和现在的柯坪县人一样多”的说法。

高速公路两边的风景还是从前的风景。如果你在6年前或更早些时候乘车前往柯坪，当时是双向两车道的沥青路，车速受限，你可以在行进中，从容不迫地欣赏道路两旁那似乎永远不变的风景——戈壁、荒漠与时断时续出现的小片绿地以及苍凉辽远的地平线。现在，乘车行驶在高速公路上，观景便不再从容。道路两旁的景物包括绿色的护栏从眼前飞速滑过，而头顶的天空因微弱的浮尘呈现着灰蒙蒙的颜色，这种不干净的灰色天空将伴随着你的全部行程。无论你是从塔里木盆地北部到南部去，还是从东往西去，眼前的景物都是这般一成不变。北方，在铁青色戈壁的尽头，是连绵起伏的天山山脉。雄峙天边的冰峰雪山，是西域最为壮美的天际线。而南方则是浑黄无际的大漠，偶尔可见掩映在红柳或骆驼刺杂集的荒草沙包中的烽燧或戍堡遗迹，更有孤独的烽火台悬立于荒原之上。

G3012高速公路在阿克苏地区境内往柯坪方向是东西走向，往喀什则变为由北向南，往和田又是由西向东，环绕了塔克拉玛干沙漠。出阿克苏，接连驶过阿克苏河大桥、新大河桥及老大河桥，便驶入高速公路。阿克苏河和塔里木河丰沛的水量，造就了南疆最广阔也最丰饶的阿克苏绿洲。向着柯坪进发，得经由第一师一、二、三团组合的金银川垦区（沙井子），尔后是启浪，再到阿恰。现在的高速公路不经过阿恰，在到达阿恰之前，便下了高速，从匝道进入通往柯坪的公路。以前的G314国道是经阿恰的，去喀什或者更远的和田的人，往往在阿恰停留，吃一盘羊肉拌面与数串烤肉后，乘车过阿恰大桥，便径直奔向更西更南的南疆。过阿恰大桥数千米，便是向北傍着柯坪山边通向柯坪的狭窄沥青路。驶过红沙河桥，跃上一个高坡，可以看到远处戈壁的尽头，飘来一条绿带，宛如从天而降，那就是柯坪绿洲和柯坪县城了。

G3012阿克苏至喀什的高速公路是在2014年通车的，在古代这是著名的丝绸之路中的一段。其实，丝绸之路并不是现代意义上的一条宽阔的大路，而是密如织网的条条小路，但其走向基本一致，大都在关键节点相交会。那些连绵不绝的烽燧与戍堡指引着商旅或军队朝着各自不同的目的地坚忍地前行。这些矗立于戈壁大漠的烽燧是汉代中央政府在古代龟兹设立西域都护府后陆续修建的，成为自先秦以来修建的伟大长城在西域的一部分。有烽燧必有戍堡，西域都护派有兵士守卫，这些兵士大多是汉军，也有极少的少数民族士兵，如羌族士卒。矗立于戈壁大漠的烽燧，穿越千年时空，令人在这苍凉辽远的背景下，极易联想到千年前这片大地上曾上演无数或惨烈或浪漫或励志的悲壮大剧，促人血脉偾张，仿佛欲穿透那变幻风云去体验金戈铁马、剑戟铿锵。

千年丝路古道，曾走过多少英雄?！当我们感受并思考的时候，不禁会想到，2000多年前，郑吉、班超这些大汉先驱面对硝烟四起、阴谋与反叛密布以及严酷的大自然时，他们在想些什么？当左宗棠抬棺、刘锦棠率王师平叛匪乱收复新疆时，他们在想些什么？当王震将军率军挺进西北解放新疆时，他们在想些什么？当原三五九旅一部进军柯坪，反霸除恶，分田地于民，建立社会主义新政权时，他们在想些什么？还有那些无畏的后来者，前赴后继，他们在想些什么？

他们的勇气、毅力和坚定的信仰，源自何处？千年丝路上先辈们的故事，未必相同，但异曲同工，一脉相承。让我们踏上这条千年古道，去一点一点地接近先辈们的精神世界。

二、秘藏天山的柯坪盆地

柯坪是个盆地。

在塔里木盆地北缘，耸立着天山与帕米尔交会的巨大山结。海拔低于4000米的卡拉塔克山与柯坪山环抱的柯坪盆地，经数百万年强烈的干燥剥蚀，被塑造成现代的复杂地形和寂寥苍凉的荒漠景观。柯坪绿洲镶嵌其中。盆地向东南倾斜，面向阿克苏绿洲，如同振翅欲飞的巨型鹏鸟。

柯坪盆地大概是中国西部最小的盆地。在仅3500平方千米的总面积内，干涸苍凉的戈壁、荒漠及山区面积便达到72%以上。盆地中部隆起，并以此为界又可分为柯坪盆地和萨尔干洼地。萨尔干洼地又称苏贝希盆地。坐落于苏贝希盆地东部黄土台地上的袖珍县城，俯瞰着西北部的苏贝希那褐红色的山口以及若断若续孤寂而细弱的柯坪河。柯坪河形成的冲积平原上分布着在清朝被称为柯坪上六庄和下六庄的盖孜力克乡和玉尔其乡，这里是柯坪盆地最好的细土平原，形成了狭促却异常美丽的柯坪绿洲。在台地的东南部则是沟壑纵横的蛮荒戈壁及红色盐土与沙漠交织的柯坪盆地。

柯坪盆地的周边山脉在太阳的猛烈照耀下，赤裸的山体呈现出浓烈的红褐色，使这片本来就缺少生机的土地显得更加酷旱和苍茫。年均降水量73.8毫米，年均蒸发量2864.8毫米，蒸发量为降水量的近40倍。干渴的土地被肆无忌惮的漠风强力剥蚀，形成沟壑纵横的地貌。风卷沙土，漫天飞扬，柯坪是全国风沙浮尘最多的县之一。柯坪的大风最大风力超过12级，年平均大风天35.5天，其中大风最多天数在五六月，月最多可达15天。大风天气过程最长一次持续了7天！大风袭过，天地浑浊，地表裸露的一切几乎都被摧毁。在大风频发的五六月，还伴有干热风，全年干热风天平均55.9天，其中强干热风天数占25.4%。风害每年给农业生产造成巨大损失，也给当地群众生活带来危害。

柯坪盆地西北部的重峦叠嶂，绵亘200余千米，袤延至喀什噶尔。北部的卡拉塔克山与乌什县接壤，为天山支脉。发源于天山冰川融水的托什干河受卡拉塔克山阻隔，北依天山流入乌什县境。南部的柯坪山脉西向进入阿图什。从地理环境分析，柯坪盆地周遭山系均因海拔不高而无冰川融水，因此不能发育如阿克苏河或托什干河那样的大、中型河流。仅有的两条河流，流量仅2.0立方米／秒的柯坪河与0.9立方米／秒的红沙河都是源于柯坪盆地东南山麓潜出山谷间的小型泉流。而山谷泉水难以形成大的地表径流。柯坪盆地地表水与地下水普遍含盐重，矿化度高。主要因为柯坪盆地周边山脉的几乎所有泉流水质极差，地表水随流程的延伸，矿化度逐渐增高。柯坪盆地地表水矿化度为3～4克／升，而其中的汞、铬、铅等有害重金属含量大。流向阿恰勒平原的灌溉水矿化度接近5克／升，曾经供人饮用的涝坝水达8克／升。外地人饮用柯坪的苦咸水，除觉味腥且苦咸外，直接后果便是腹胀与腹泻。以前苦咸水不仅是柯坪的标志，也使外地人对柯坪这个地方望而却步。

柯坪断裂与满古特断裂的复合部，称为柯坪地震带。1904—1987年的83年间，这个地震带就发生了31次对柯坪县有影响的地震。柯坪县境地处喀什—柯坪地震带上，柯坪断裂和音干山断裂以东北—西南走向穿过全境。县城处在两条大断裂之间。

1991年2月25日22时30分25秒，大地深处传来隆隆巨响，同时伴有地光出现。大地猛烈地抖动起来，山石崩塌，地表裂陷，6.5级地震突袭柯坪盆地。全县房屋几乎全部遭受损坏，95%以上城乡居民露宿在冬季风雪严寒中。电力、供水设施因受损而停电停水，通信中断。由县城通向国道314线的位于柯坪山脚处的省道多处发生塌陷或断裂位移，五四大桥桥基错位，卧梁断裂，桥面与路基面有200多米的裂缝，最宽处达9厘米。大桥下有多处河床出现地下水喷涌。震中附近，山峰错裂，巨石飞落，阻断了山间道路。山体多处崩塌，地表被厚达10余厘米的尘土覆盖。这场大地震造成的灾难让柯坪群众至今心有余悸。曾经，苦咸水、干热风和地震犹如三座大山压在柯坪各族群众的身上与心头。

当时地震发生后，我从地区行署办公室被抽调至地委地震抢险救灾指挥部任值班秘书，传递抢险救灾信息，编写简报，后又数次随地区领导冒着五四大桥断裂倒塌的危险赶赴柯坪。在地震现场，我目睹了由地震带来的巨大灾难，在真切感受到地质灾害威力的同时，看到阿克苏地区和柯坪县两级党委、人民政府在处置灾难时临危不惧、冷静果断的超常能力和坚强决心，以及柯坪各族群众面对灾难坚忍不屈的顽强精神。30多年过去了，每当我驻足柯坪大地，都会想到在危难之际那种各族人民共患难、同命运的最朴实的人性力量，这力量如此强烈地打动我，并至今仍然强劲地撞击着我的心底。

自2000多年前张骞凿通西域，柯坪便是联结丝绸之路北道与中道的要冲。它扼守喀什噶尔、英吉沙、叶尔羌、和阗“南疆西四城”要隘。从柯坪盆地往北，在威严矗立于苏巴什峡口的建于南北朝时期的丘达依塔格戍堡的注视下，穿越卡拉塔克山，渡托什干河，过乌什，经别迭里关隘，便可进入唐安西四镇之碎叶及中亚草原，亦即丝路新北道。向西进苏巴什峡口，便可进入秘藏于重叠大山中的柯坪—布鲁特古道，或称“柯坪—阿合奇古道”。这条古道也是牧道。它经柯尔塔格山谷向西，在玉台希塔格山间曲折荒芜的干涸山谷中艰难穿行，抵达阿合奇布鲁特，即今阿合奇山中的一个牧村。而后向西南再向西，便可到达帕米尔高原下那些隐秘而危机四伏的孔道，这些古驿路通向中亚的费尔干纳盆地。往东南出柯坪盆地，顺阿恰勒洪积平原齐兰烽燧指向，那繁华的丝路从这里经巴尔楚克往疏勒后，便通向另一条密道——狭长而异常险峻的掩隐在雪山深谷中的瓦罕走廊，从那里可以从容地到达你想要去的任何地方——南亚、西亚或欧洲。除却那些输送精美丝绸瓷器的商旅和刀剑铿锵的军队外，更多的时候，便是虔诚的佛教僧侣经由这条古道往南亚印度学习佛教，或向那里传播来自中原与西域的文明。除此之外还有凿通西域的张骞这样的名人，以及无数没有留下姓名的行者也往来于此。唐代大将高仙芝曾率大军通过此通道西征中亚，其时，唐代边塞诗人岑参曾随安西大都护府大军路经阿恰勒平原。他登上柯坪山，眺望西方，豪情万丈地吟诵出那些不朽的诗篇。

三、色彩斑斓的大地

大地知晓世间所有的秘密，却从来沉默不语。

柯坪不仅仅是个盆地，还有广袤的平原，经柯坪盆地东向敞口越柯坪山东南缘便是旷远舒展的阿恰勒平原。阿恰勒平原划归柯坪管辖，是清光绪二十八年的事了。《温宿府分防柯坪乡土志》载：“自光绪二十八年以前，原归温宿州属，是年改州升府，遂将阿碛齐兰台等处，划归柯坪管辖，增设县丞一员。”而在这之前，齐兰台和阿恰勒归属阿克苏办事大臣管辖。

乘车行驶在高速路上，向南远望，视野开阔。没有山的阻隔，平缓而静止的似乎永远不变的天际线伸向看不见的远方。由北向南剧烈倾斜的阿恰勒平原地表分布着大面积的盐土荒野，其上被一望无际的盐生植物所覆盖。在平原南部的深处，是分布在喀什噶尔河故道两侧的苍凉而顽强的原始胡杨林。这片广袤的胡杨林达110余万亩，在塔克拉玛干沙漠西北边缘已存在了千万年，给干涸的大地以绿色的生命。其实，在更早之前，阿恰勒胡杨林沿喀什噶尔河广泛分布，并与叶尔羌河流域的胡杨林及塔里木河干流的胡杨林几乎连成面积达数千万亩的胡杨森林，在极度干旱的塔克拉玛干沙漠周边及纵贯塔克拉玛干沙漠的塔里木河河畔形成巨大的绿色屏障。但由于塔里木盆地气候的剧烈变化，这一守护塔里木人家园的绿色屏障正在逐渐消失。在距阿恰勒镇40多千米的胡杨林边缘，便是由喀什噶尔河洪水泛滥以及柯坪河尾闾洪水冲泄和洼地渗泉形成的黄草湖湿地。如今湖水色黄苦咸，周边土地重度盐渍化，大多数植物在此难以生存。能够在如此恶劣的生存环境中存活下来大多是骆驼刺、碱蒿、红柳、沙柳以及芦苇这些盐生植物或耐盐碱的植物。喀什噶尔河断流后，湿地日渐萎缩。因受到柯坪河与红沙河尾闾洪水的补给，地势低洼处的胡杨郁郁葱葱。古老的喀什噶尔河是从何时断流的，史书无一记载，但它与古尉头州（今巴楚、乌什一带）的神秘消失却有着千丝万缕的关系。我们现在可以看到阿恰勒平原南部的胡杨林日渐枯萎，喀什噶尔河故道两侧则已形成绵延的带状沙丘。那连片的日渐枯死的胡杨所汇集的枯黄如瘟疫般仍在扩散，一些原本密集的植被已经稀疏，裸露出结满盐块的土地，呈现出死寂的气息，构成悲凉的世界。曾几何时，古老的喀什噶尔河与叶尔羌河在这片亘古荒原上自由地奔流，最终在阿瓦提的荒野中汇流入伟大的塔里木河。茫茫戈壁，滔滔黄沙，那一株株千年胡杨被凌厉漠风磨砺出如铜似铁般的躯干。当我走进这个寂静的世界，时间仿佛已静止。我看到的胡杨，古老的胡杨，与脚下泛着白色盐碱的土地一样古老。我看着胡杨那历经千年沧桑的坚韧身躯，我的心就猛地揪起来。我分明听见生命的呼吸和灵魂悸动的声音。不，那应该是生命发出的嘶吼！那每一声呐喊，都是生命的呐喊！

这是一条古道。沿喀什噶尔河往东可直达龟兹和姑墨，往西则经疏勒翻葱岭（帕米尔高原）及至西亚波斯。从黄草湖往东，在黄草湖与沙井子至阿瓦提间有数座汉唐时期的烽燧和戍堡连接着塔里木河，往西与三岔口古城及巴楚唐王城连为一线，再向南，叶尔羌河连通着姑墨—疏勒古道。在黄草湖，从汉唐时便有农庄和驿站，为商旅或军队补供给养。黄草湖庄亦称黄草湖驿站，在这里存在了1000多年，至清中期衰落废弃。连通龟兹与疏勒的古道逐渐北移，最终固定在阔纳齐兰古城、齐兰烽燧、一间房至图木舒克、巴楚、喀什一线。黄草湖古道被废弃，或许与生态环境恶化相关，但现今，仍有牧民与羊群出没于干涸苍茫的胡杨林中。

沿着通向柯坪盆地的道路跨过红沙河，便可以看见往东南倾斜着的暗红色的沙漠，静静地安卧于柯坪山下。红沙漠在烈日照耀下，犹如燃烧的暗火，而沙漠之上生长着赤红的不知名的沙生植物，它们仿佛跃动的火苗。红沙河褐红色的两岸生长着绿意盎然的各类植物——胡杨、野榆、芦苇等，有野鸭或不知名的白色水鸟从河面掠过。红沙河就像一条绿色的飘带或身着绿裙的仙女用手臂环绕着雄浑野性的柯坪山，这种色彩分明而对比强烈的景观撼人心魄。

柯坪盆地周边的野性大山裸露的山岩，风化出淡棕色的板土或棕漠土。色彩绚丽的灰棕色土、灰黄土、暗灰棕色土、棕红土、红沙土和细黄土，被洪水携带冲出山谷，沉淀于山前的洪积平原，并广泛分布于柯坪盆地的戈壁大漠，构成五彩斑斓的柯坪大地景观。但最好的适于耕种的细黄熟土地仅占4万余亩总耕地面积的19%，大部分耕地的土壤都是熟化程度低、土壤薄、肥力差的中下等地。而在阿恰勒的广阔平原，所有的土地都是强盐化土或盐土，被改良的有限耕地也是轻盐化土质，矿化度很高的红沙河是这片土地唯一的灌溉水源。柯坪大地应当是南疆地区生态环境最为恶劣的地区，没有之一。当我踏上柯坪这片红褐色的苦涩土地时，耳畔是蔽日风沙的啸声。在严酷的自然环境背景中，仿佛有惆怅、感伤的旋律在旷野中孤独地吟唱。那一刹那间，我的胸中便升腾起悲怆之情——艰辛、苦涩、困难和挣扎，同时，也不禁感叹那蓬勃生命的坚韧。在柯坪生活工作的人，乐观与豁达是他们的天性。柯坪人，来自五湖四海的柯坪人，是有着比其他地方的人更为强韧的神经，更为坚强的意志，更为狂放的个性，以及更为博大的胸襟。柯坪人，是一群特殊的人。

四、从历史深处走来的柯坪

历史悠久、文化深厚的柯坪，有着丰富多样的文化遗存。这些文化遗迹遍布柯坪的山川平原，书写着久远的历史。在它们历尽沧桑的每一道被时间之刃雕刻的皱褶里，从它们被岁月之风侵蚀的残破身躯上，都可以读到那千年之久曾波澜壮阔或耐人寻味的历史。而这本厚重的历史之书翻开的每一页，都承载着这片大地的过去与未来。

此次来柯坪之前，我又将有关柯坪的历史文献进行了研读，这也是我外出到某地前必做的功课，可使我到达目的地后得以将书中所载的历史与现实进行印证，从而获得更扎实的知识。在写这篇文章时，我又多次研读有关文献，特别是有关阿恰勒平原上的遗址如阔纳齐兰古城的研究论文，并将这些专家学者的成果和我的体会在这篇文章中尽可能地呈现给读者。

我私下里将历史分为“文献历史”和“考古历史”。在1755年之前，有关柯坪盆地的文字记载几近于无，但“考古历史”可以弥补“文献历史”的缺失。历史研究往往会遗失某段史实，需要我们认真地寻找，并将其归还到它原来的位置。

据考古学研究及实地田野调查，从柯坪盆地到阿恰勒平原，从史前至清末的数千年历史中留下了柯坪细石器遗址、巴格勒克古城遗址、托马艾日克古城遗址、色日克托格拉克古墓群、克斯勒塔格佛寺遗址、丘达依塔克古城遗址、丘达依塔克戍堡遗址、库木古城遗址、阿克协尔古城遗址、齐兰烽燧、都埃烽隧、亚依德烽燧、阔纳尔齐兰古城遗址及麻扎艾肯石堆墓（元代）等14处文化遗存。除柯坪细石器遗址外，年代最早最久远的是汉代的库木古城遗址，其他基本都是魏晋南北朝至唐时期丝路古道遗址。从公元前的西汉直到清朝末期，这些文化遗存的历史跨度长达2000多年，见证了新疆自汉代以来就是祖国不可分割的一部分这一史实，弥足珍贵。可以毫不夸张地说，柯坪是新疆人文历史的袖珍博物馆。

追溯柯坪的历史，不能不谈到阿克苏地区历史上曾存在过的尉头国和尉头州，但确切地说《汉书·西域传》中记载的尉头国和唐代尉头州并不完全等同。先说史前，柯坪历史最早可上溯至史前细石器时代。在萨尔干盆地的东缘，乌旦库勒泉水与苏贝希河汇流处的三角洲阶地上，就发现有细石器文化遗存。

先秦时，地处塔里木盆地北缘的今阿克苏地区为匈奴占据。公元前60年，汉朝在乌垒城设立西域都护府。龟兹、姑墨、温宿、尉头等城郭诸国正式归属汉朝版图。时有吐火罗人、粟特人、塞人、鲜卑人、月氏人以及羌人和汉人等部族定居于龟兹。魏晋时期，姑墨、温宿、尉头归并于龟兹。在这之前，兴起于今乌什西与阿合奇之间的天山南脉崇山峻岭中的尉头国，是由游牧民族建立，其领地在今托什干河中游以南地区，其后势力影响到巴楚、图木舒克，南与疏勒接。《汉书·尉头国传》载：“尉头国，王治尉头谷，去长安八千六百五十里。户三百，口二千三百，胜兵八百人。左右都尉各一人，左右骑君各一人。东至都护治所千四百一十一里，南与疏勒接，山道不通。……田畜水草、衣服类乌孙。”公元76年，尉头与疏勒起兵反汉，被班超击败。柯坪地理区位位于古代姑墨、温宿及尉头之间。当时，柯坪盆地人烟稀少，《汉书》等史籍对柯坪未有记述。据清代《温宿府分防柯坪乡土志》载："按本境四界，东界戈壁，西界乌什布鲁特，南界巴楚州北境，北界乌什厅南境，东北界温宿府西南境，西南界喀什布鲁特。"今柯坪西距巴楚约150千米，南距图木舒克约130千米，西北距乌什约230千米，东距阿克苏市约140千米。从地理区位看，柯坪居中。汉朝至魏晋，温宿、姑墨、尉头等地方势力在此交错，但更多时候，这一地区——巴楚以东地区包括图木舒克和柯坪均附属于龟兹。时龟兹王由汉王朝委任。

唐朝在古尉头地设尉头州，其地从今柯坪向西南，至巴楚县和图木舒克市，治所为唐王城（托库孜萨莱古城），属安西都护府安西四镇之龟兹镇管辖的重镇。据考证，尉头州城是公元4世纪到12世纪初的城垣遗址。21世纪以来，中外考古学家及当地居民在这里发现了大量含有龟兹文、栗特文的文书。这里还曾出土大量反映各种文化的壁画、塑像、钱币、陶器、铜器、饰物等4000多种文物。在一些器物上有婆罗迷文、粟特文、龟兹文、佉卢文、古汉字等。唐代设于龟兹的安西都护府为加强对西域的治辖，除继续巩固龟兹地区包括焉耆、龟兹、姑墨、温宿的屯田外，进一步扩大屯田范围至疏勒，并在今图木舒克驻有重兵，进行较大规模的屯田，使该地即古尉头州成为一片绿洲，像一颗明珠点缀在丝绸之路上。因为曾是喀什噶尔河的漫流区，这里土地肥沃，人口众多。尉头州也是丝绸之路北道的重要驿站，北魏时的和平铺驿站，唐朝对外接待的驿站济浊馆、谒者馆，都在尉头州境内。从公元4世纪到12世纪尉头州十分繁荣，到了北宋初期竟然神秘地消失了。而今，这里完全是荒漠，唐代九座古城与广大的屯田遗址湮灭于其中。它的西南部，则是人迹罕至的沙漠。有位作家在看到遗留在荒原之上的众多文化遗址后感慨地说道："有谁知道，在这一片沙漠荒原之中，竟然埋藏着公元前200

年至公元后1000多年之间近1300年所创造的历史文明。现在很少有人知道尉头国在哪里，尉头州在哪里。人们不知道，这片在20世纪以前连盗匪都不敢停留的地方，会是汉唐历史上一个重要的光点。百年以来，这一片地区的文明埋在沙丘下，无人知其底细。”

1906年法国探险家伯希和从和田开始沿着叶尔羌河顺水而下，寻找古遗址。他们在尉头州遗址挖了近2个月，盗取了大量的古址遗物，仅塑像、木雕像、壁画就400多件，并打碎了拿不走的陶器。后来英、德、日、俄等国探险家，陆续从遗址中盗走了大量的遗物。

1949年，第一野战军第一兵团第二军第五师进驻阿克苏，并以此为总部，分别进军和田与喀什，其中一部挺进图木舒克荒漠，在唐代屯田遗址旁修筑了库容7亿立方米的小海子水库和永安坝水库，开垦了百万亩良田，让这里恢复了绿洲的模样。

南北朝至唐代，在喀什噶尔河中下游地区，特别是柯坪阿恰勒平原包括沙井子地区修筑了琼梯木烽燧、都埃烽燧、亚依德烽燧和齐兰烽燧等烽燧。古代烽燧是中原万里长城在西域的延伸，即西域长城。20世纪末至21世纪初，考古界普遍认为，中国新疆境内最西的烽燧也是长城最西端，是扼守热海古道的今乌什别迭里山峡谷口的别迭里烽燧。这条古道通向唐安西四镇之碎叶。但最近，由中国长城学会考查证实，中国长城（烽燧）在新疆境内西延至帕米尔高原的塔什库尔干。

清乾隆二十三年（1758年），阿克苏办事大臣设柯坪阿奇木伯克。清光绪八年起，归属温宿州管辖。清光绪十年设柯坪巡检。清光绪二十八年改柯坪为分防县，辖阿恰勒、齐兰台及柯坪盆地12个村庄。民国十七年（1928年）阿克苏增设柯坪县佐。民国十九年（1930年）柯坪改为县治。

佛教自公元前1世纪传入龟兹，兴盛于汉唐。那时，佛教寺院广布西域。南北朝至唐，柯坪盆地佛教兴盛，修建了以克斯勒塔格佛寺和九拱门大佛寺为代表的一批小乘佛教佛寺。现今坐落于苏巴什河龙口南北两岸的克斯勒塔格山峡谷口山坡地带的克斯勒塔格佛寺遗址，虽然曾屡遭宋代初期及之后的历次伊斯兰教宗教战争破坏，但其遗存仍然规模宏大。佛寺修建在河口两岸。自汉至唐龟兹地区有多处佛寺修筑于河口两岸，如修建于库车河龙口东西两岸的苏巴什佛寺遗址和渭干河河口东西两岸的唐代柘厥关遗址。上述遗址既是佛寺又是军事关堡。小乘佛教主张苦修，寺院多修建在人迹罕至的偏僻深山或戈壁大漠中，而军事关堡的修建地点选择也往往在古代道路的要害隘口。一方面，关堡可守卫身后的领地，另一方面，关堡周边可形成村落，守关兵卒与村民则是信徒，佛寺满足了两方面的需要。如苏巴什佛寺遗址内存在一个古城堡，其有较完整的箭楼、瓮城等，这个古城堡就是唐代雀离关遗址所在。

克斯勒塔格佛寺南岸部分遗址在1974年修建水泥厂时已有损坏，但现存遗迹尚能看出是一个规模较大的由殿堂、佛塔、僧房相结合的建筑群落。整个建筑群落随地形变化呈阶梯状分布，山坡下的建筑已荡然无存。山坡中部残存有5～7级人工台阶，有一段长、宽、高均为5米的残墙和宽约1.2米、长5米的甬道，甬道两侧墙体中下部有残存壁画，现已被淤土覆盖。甬道地面铺有厚约1厘米的石膏层，上面堆积有厚约20~50厘米的塌土。甬道向北连结一高大的殿宇，殿宇长约15米，南北宽约9米，残高约7米，地面也铺有厚约1厘米的石膏层。殿宇其上为山门、正殿和残塔身等建筑，均系黄土坯建筑，地面堆积土厚约20~40厘米。该遗址曾出土两件彩绘舍利盒，其形制与今库车苏巴什佛寺遗址、拜城克孜尔石窟出土的彩绘舍利盒几近一致，同属南北朝至唐代。该遗址自山脚起利用自然坡度分层修筑，通体由阶梯相连，自上而下高度达30多米，庄严伟岸，气势恢宏。

在苏巴什河龙口的东北岸半山是残破的建于南北朝至唐代的丘达依塔格戍堡遗址。依山势而建的主体建筑群呈南北向“品”字形分布，均用土坯砌筑。东部山梁上沿山边缘有一残长约45米的土坯墙，北端与残高8米的观望楼墙基相连，南部也有残墙房址。建筑主要集中在山脊南部，主戍堡平面呈方形，长约7.4米，宽4米，残高6~8米，沿山梁山体多处修筑土坯墙，形成防卫屏障。戍堡扼守柯坪—布鲁特古道，地势险要，雄踞山口，向西傲视克斯勒塔格大峡谷，向东俯瞰柯坪盆地。

1000多年前，守卫柯坪大地的大唐将卒和来自龟兹的僧侣以及从世界各地会集于此的商旅、世居此地的佛教信徒们，在他们的生命逝去之后，就将身后事托付给了位于柯坪西北部克斯力河谷左侧的扇形台地，其上的唐代色日克托格拉克墓葬群，见证了有文字记载的新疆历史中重要的大唐篇章。他们生前守护着这片热土，死后仍然在眺望安卧于大山之间犹如鹏鸟般欲飞的大地，牵挂着这片自然环境严酷却又生机勃勃的土地。当我站在柯坪盆地西北部山前戈壁的砾石之上，看着脚下延伸至远处的面积达20万平方米的唐代古墓群——柯坪先辈们的最后栖息地，心头陡然升起惶恐敬畏之情。

在那个时阴时晴的炎热上午，我冒险攀上克斯勒塔格佛寺背依的后山，听着耳边的风啸。是柯坪的风，干热而凌厉。柯坪的风吹着我，也吹着我身旁高耸的佛塔和对岸的戍堡。风吹过这里已有千年万年，而此刻的风与千年前的风一样，并无变化。变化的是岁月，不变的是柯坪的风。风见证了历史，我见证了风。风吹来历史，而我看见被风雕刻剥蚀却依然恢宏的佛寺戍堡和关城，残破、死寂、苍凉。千年前的风未曾消逝，而今悍风依旧。

五、穿越千年的时空纽带

斑斓多姿的柯坪大地，留下了丰富多样的文化遗存，它们不仅记载了历史，也成为穿越千年的时空纽带，将古代与今天联系在一起，使今人与古人进行着跨越历史的对话。

在阿恰勒平原上矗立了近2000年的齐兰烽燧，见证了自汉代以来的纷繁历史。它位于阔纳齐兰古城之西7千米，汉代时这里曾是一处烽火台，唐朝安西四镇之龟兹镇所属尉头州建立时，又将其加固和增高。它雄踞大漠，观察四方，镇守边陲。夕阳西下时，巨大的齐兰烽燧被夕照镀成金黄，恍如身披黄金甲的中华武士，威武绝伦。它穿越千年时空，傲立于世。

比阔纳齐兰古城更为古老的齐兰烽燧，对东向7千米处的阔纳齐兰古城饱经沧桑的历史了若指掌，目睹了这座古城在过去的风风雨雨中遭受的磨难和曾有的荣光。烽燧与古城都是与战争联系在一起的。齐兰烽燧遗址现今残高约16米，是新疆现存汉唐烽燧中最高的一座。而阔纳齐兰古城则是目前新疆保存较为完整的古城遗址。这两处国家级文物保护单位和位于其间的古村共有一个名字——齐兰，至于是古城因古村得名还是古村因古城而得名，我们尚无从知晓。但“齐兰”这个地名出现在人们的视野里，最早是在明代末期的明万历三十二年（1604年）。时耶稣会会士、葡萄牙人鄂本笃跟随商团由叶尔羌（今莎车）出发前往中原，用25天到达阿克苏，途经15座城，齐兰就在其中。明代亦力把里地图中，“齐兰”标绘在“克力宾”（柯坪）之东、“阿速”（阿克苏）之西。莎车到阿克苏途经齐兰连接图木舒克的道路在明代末年出现在西方耶稣传教士的著作里。如果将齐兰烽燧及其西南的亚依德、都埃、琼梯木烽燧以及阿克协尔古城等连在一起，则又勾勒出了唐代拨换城（今温宿）经齐兰到唐王城（在今图木舒克）的驿路，以此也可上溯至汉代姑墨经齐兰至疏勒的古道。齐（其）兰是维吾尔语“其兰迪”的转音，有“浸湿”之意。齐兰也是军台及水系、草滩的简称。

在得到当地文物保护部门的许可后，我们登上高约16米的齐兰烽燧北面的残损高台，朝东望去，隐约可见掩映在疏密有致的红柳或沙柳丛中排列整齐的古城雉堞与高耸的炮台。顿时，逝去的鼓角争鸣与勇士搏杀的嘶吼声仿佛又在耳旁回响。越野车在干裂的戈壁滩上飞驰，穿行在生长着忽疏忽密的红柳丛中。汽车的马达声在耳畔轰鸣，其中似乎有战马奔腾之响。远远望去，一片片遗址肃穆伫立，或坍塌坠地，或风化耸立，或销蚀为土堆，但都掩盖不了曾经的雄伟。这残存的遗址面积广大，建筑物的功能复杂，有民用建筑、军事建筑、宗教建筑以及屯垦遗址等等。古城由两部分组成。一部分是西北方向的炮台（碉堡）、官邸和较完整的城楼城墙。其中现存最高大的建筑，要属城墙北端所筑长方形角楼炮台。据《柯坪县志》记载，古城城墙南北长122米，东西宽110米，东墙保存较好。东墙南北端有较为宏伟的碉堡遗迹，南部碉堡平面呈长方形，东西长20米，南北宽9米，残高约5米，顶部建筑物坍塌无存，夯土筑，夯层厚约25~30厘米；北部碉堡保存较好，基座长13米、宽8米，为夯土筑，顶平面呈长方形，高约6米，长12米，宽7.5米。城墙现仅存一道，南北向，长约80米，高约5米，墙头上规则地筑有近30个雉堞。雉堞间距0.5米，残高都在4米左右。城墙中段开设有一个城门，宽约2.5米。构筑法是基部为夯筑，其上为土坯砌筑。1989年文物普查时，曾采集过清朝“光绪通宝”钱币一枚。据遗址的构筑法、形制（东墙）和出土的清代钱币，推断其所筑时代为清代。官邸位于城楼之西约30米处，约有1500平方米，地面残留有地砖，残存墙基由青砖砌筑。另一部分为东南方向的住宅建筑群，约有7.5万平方米，多为残垣断壁，基本结构仍可辨认，住宅遗迹一般为长7米、宽6米的单体建筑。北部住宅较稀疏，但房舍较厚实高大；南部住宅较集中。住宅区内有一条南北走向、宽5米的街道以及纵横交错的小巷，还可见干涸的水塘（涝坝）。

古城遗址孤寂地横亘于红柳、碱蒿、骆驼刺丛生的戈壁荒漠中，更显得荒芜悲凉。站在古城南部残存的碉堡上观望由北向南排列而面积广大的残破住宅区，由此可以想象出那时古城该有多么喧闹和繁华。而在这繁华的背后，这座古城还有着许多不被人们知晓的秘密。它的存在与失落或许大都与战争有关，至少，围绕古城发生的几次战事使边远偏僻的柯坪一时变得重要起来。残破的满身创伤的古城穿越风云变幻、烽火连天的战争岁月，将我们带入曾经的历史，去廓清迷雾。

柯坪在清代之前，寂然无名，人们知道这个词或者这个地名是在清代，缘起于1755年之后的清政府在新疆的几次平叛战争。清乾隆二十年，即公元1755年，清朝平定准噶尔后，柯坪被纳入史册。《温宿府分防柯坪乡土志》载："考本境在阿克苏西南一小村落耳，乾隆二十四年勘定回疆肇入版藉。""于是天山以南，遍列戍屯，设阿奇木伯克理回务，隶于阿克苏办事大臣。"又载："同治间复为安酋窃据，光绪三年湘军追讨白逆彦虎，收复南疆，分置郡县，将本境户口钱粮，编归温宿直隶州属。""考本境自光绪二十八年以前，原归温宿州属，是年改州升府，遂将阿碛齐兰台等处，划归柯坪管辖，增设县丞一员。"而在这之前，明代末年的亦力把里图谱就标绘有汉字书写的"克力宾"，即今柯坪。明末清初汉语称柯坪为"克勒品"，维吾尔语称"柯尔坪"，直至1902年设分防县丞时才定为柯坪，沿用至今。

色彩斑斓且地形地貌复杂的柯坪，更有着丰富的故事与传说。在清光绪二十八年以前，齐兰台和阿恰及15庄归阿克苏所辖。1758年，被清政府释放的大、小和卓波罗尼都和霍集占叛乱，清定边将军兆惠平叛，黑水营之役大败叛军。霍集占在库车败于王师，逃窜至阿克苏和乌什，两城均闭城不纳。于是，霍集占经齐兰逃往叶尔羌，其兄波罗尼都由柯坪盆地上六庄越克斯勒塔格山口，经柯坪—布鲁特捷道奔喀什噶尔。清将军兆惠领步骑，亦由柯坪齐兰台进兵讨之。

最惨烈的战争发生在清道光六年（1826年），大和卓之孙张格尔叛乱。张格尔自称赛亦德·张格尔苏丹，自立为南疆统治者。英吉沙尔（今英吉沙）、叶尔羌、和阗（今和田）三城，相继为叛军攻占。张格尔控制南疆后，“残害生灵，淫虐妇女，搜索财物，其暴虐甚于前和卓千倍万倍”，与其入疆之宣传完全相反。广大群众强烈反对，转而支持清军。占领叶尔羌之叛军五六千人，进攻阿克苏。阿克苏办事大臣长清派参将王鸿仪率兵600人阻击。两军在都齐特军台（在今阿克苏西南）激战数日，清军终因寡不敌众，600名将士无一生还，参将王鸿仪战死。当叛军企图强渡浑巴什河进攻阿克苏时，由库车及喀喇沙尔（今焉耆）来援之达凌河、巴哈布两部清军到达。在当地群众自发组织的数百人的抗叛队伍的协助下，清军击退渡河叛军，并进至南岸立营。叛军多次进攻，均被击退，被俘斩千余人。叛军不敢东进，东部局势趋于稳定。

道光帝命伊犁将军长龄为扬威将军，署陕甘总督杨遇春、山东巡抚武隆阿为参赞大臣，调集吉林、黑龙江、陕西、甘肃、四川5省兵3万余人会攻叛军。十月间，陕西等地清军万余到达阿克苏，开始转为攻势作战。时叛军以柯尔坪山路岖险，中隔戈壁，为进兵要道，遂据为巢穴，留三千兵扼守，负固自雄。柯尔坪西南通巴尔楚克（今巴楚）、喀什噶尔，西北通布鲁特（今阿合奇），为清军进军必经之路。长龄派陕西提督杨芳以突袭攻占该地，打开了西进的通道。

每当盛夏8月，我都如约前往老大河。在洋瓦力克，已难寻都齐特军台遗址。凝视着老大河翻滚着向南流淌的河水，又仿佛看见王鸿仪将军与600名士卒奋力搏杀的情景，怒吼声与惨叫声不绝于耳。我悲怆万分。清道光七年，为纪念平定张格尔叛乱战事胜利，道光帝亲旨在阿克苏河东岸修建昭忠祠，祀阵亡参将兵丁数百人。100多年后，昭忠祠毁于南疆分裂暴乱。眺望眼前伸展至远方的大地——掩埋着忠烈的大地，我面朝东方，双膝跪地，遥祭英烈。如血的残阳，照临苍茫大地。

左宗棠率刘锦棠部收复新疆所进行的南疆八城之役，是新疆历史之书极为壮怀激烈、波澜壮阔的一页，而在战争之外的斗争则更加惊心动魄。

夕阳下的古城，沉寂苍凉。饱经沧桑的齐兰烽燧，欲说还休。

六、失落古城的秘密

破败死寂的古城，令人触目惊心。那曾经威严的古城衙署、繁华的街市和等待商旅的馆舍以及能容纳千百人的街区工坊消失在时间的长河里。如今空寂残破的废墟中隐藏着多少难以破解的秘密——古城因何而设？因何而得名？那些驻防的军士、来往的商旅和古城的居民仿佛在某个瞬间永远消失，他们去了什么地方？是什么让他们被迫放弃自己的家园，让亲人不再团聚，使情侣永远分离？是战争，还是……

当定边将军乌雅·兆惠的铁骑平定大、小和卓叛乱之后，他感到了深刻的危机。这位出身正黄旗、从低级文官笔帖式起步，后入军界叱咤疆场多年，曾随乾隆帝征讨准噶尔、进剿厄鲁特屡建奇功的大将军，在阿克苏眺望南疆大地时，不禁感慨万端：重建自汉唐以来中央王朝对南疆的治理体系困难重重，尤其是原本完善的自汉唐创立的烽火台及戍堡毁坏殆尽。于是，创制清代新疆西路台站天山南路台站体系便显得极为紧迫。台站是清王朝在边远地区设置的类似驿站的机构，是驿站、军台、营塘等交通、通信转运机构的总称。台路由台站构成，是连接天山南路绿洲城市的生命通道，其走向及军台选址大体与汉唐时代的丝绸之路一致。在清代，影响新疆和平与稳定的和卓后裔之乱以及阿古柏之乱等都以毁坏台路为重要目标，意在切断中央王朝与天山南路诸城市的信息往来，对中央王朝在天山南路的控制与管理构成威胁。因此，军台及台路的安全与畅通直接关系到天山南路的和谐与稳定，进而影响到清朝西北边疆的安全与稳定。

关于齐兰军台遗址的专题研究不是很多，大多在一些西域史地研究的著作中偶尔涉及，却并不深入，这或许与齐兰古城被现今文物考古界发现较晚有关。齐兰古城遗址及齐兰烽燧是在20世纪80年代开展的第二次全国文物普查中被发现的。其实，在这之前，其在外国传教士、探险家，西方间谍，以及清代和民国时期官员及考古学者的考察报告中就已出现。我拜读了塔里木大学西域文化研究院孙长龙教授的专题论文《丝绸之路上的齐兰古城》，文中涉及的中外史学资料50余种之多。我认为，孙教授关于齐兰古城的研究成果是较权威的。对齐兰古城的史地研究，不仅廓清历史，使我们了解了丝路中道阿克苏至喀什段走向，更多的是探究齐兰古城兴衰背后的原因，对我们认识塔里木盆地类似区域绿洲变迁、促进生态可持续发展很有帮助。本篇文章主要观点及依据大都取自孙教授论文。

齐兰作为军台于清朝道光八年（1828年）设置，20世纪20年代废弃，存在了约百年。《钦定皇舆西域图志》记载阿克苏至叶尔羌台路，从阿克苏南行，依次经过“库木巴什台、英额阿里克台、都齐特台，南接叶尔羌属伊勒都台界”。同一时期的《新疆回部志》《西域闻见录》收录阿克苏赴叶尔羌台路邮驿、军台与《西域图志》大体一致。显而易见，乾隆时期阿克苏至巴尔楚克的台路是不经过齐兰的。道光六年（1826年），张格尔之乱后，叶尔羌路台站大多毁于战火，叶尔羌境巴尔楚克台东北台路又多受喀什噶尔河下游水患影响，往往被阻塞。道光八年（1828年）九月十五日，钦差大臣那彦成等为长久计，上奏移改阿克苏、叶尔羌二城军台道路，由此，阿克苏到叶尔羌台路调整并齐兰台设立。道光十一年（1831年）十一月，又以新改台路路程较远，行旅困难，添设腰站以供打尖及补充车马。于是齐兰台至阿克苏之间增沙井子腰台，由齐兰台笔帖式兼管。

齐兰台的机构设置和职能从舒赫德奏文及《回疆通志》所载可知：每台派绿旗兵（汉人兵）五名，回子十户，马十四匹至十七八匹不等，牛二只至十七八只不等，驼四只，车两辆，共骡四头，共驴四头。台站由六品顶戴署笔帖式管理，由台站旁民户派出的首领协助笔帖式维护治安，其本人领受七品顶戴管理民户。台站有绿旗兵五名负责台路安全防卫，台站旁十余民户除应差外，闲时种田。在新疆南疆，由境外流窜至南疆的贼匪往往以毁坏台站、阻断台路来削弱清王朝对新疆的统治。如道光十年（1830年）玉素普之乱，"叶尔羌军台，道路阻断，文报不通。齐兰台当差回子，亦有变乱等语"。咸丰七年（1857年），柯尔坪出现匪乱，攻占齐兰台。阿克苏办事大臣海朴奏："齐兰军台剿贼获胜，并派兵驻守（柯尔坪）"。同治年间，阿古柏入犯柯尔坪，在齐兰台筑堡驻兵，并以此为进兵"东四城"之后援地。清代军台作用类汉唐烽燧与戍堡，一旦发生台路遭到毁坏、台站附近村庄出现匪乱等突发事件，台站将会是"千里眼""顺风耳"，其在维护台路畅通、地方稳定方面有十分重要的作用。同时，台站也是这一地区重要的商旅往来的集散小站。新疆建省后，改军台为驿站，齐兰台改称齐兰驿。受近代工业化影响，电报业在南疆得到应用，沿着驿路铺设的电杆在传递信息方面作用显著。虽然传递公文之类不再是驿站的专属，但是它在货物往来、打尖住宿等方面继续发挥着重要作用。喀什噶尔为俄商南路重要商埠，阿克苏道温宿府设有三个卡伦沿防绕越，其中南卡便设在齐兰台，以查通喀什商路，稽征税费。

尽管齐兰古城在设立的约百年间对清王朝治理南疆发挥过十分重要的作用，但随着时代变迁及社会进步，特别是科技的进步，齐兰古城遭受废弃的命运是注定的，并且是不可逆转的。从大的发展趋势来看确是如上所述，但直接导致齐兰古城被废弃的原因是什么呢？探究其中的原因对当今有什么意义？

新疆南疆特殊的自然地理环境，使自古以来这一地区人类活动的区域主要集中在流入塔里木盆地的众多融雪河流边的农耕定居点。象征生命气息的绿色散布在将它们互相阻隔、孤立开来的极度干涸的塔克拉玛干黄色沙漠中，形成了十分明亮的绿洲景观。绿洲的变移都与河流有关，包括城市。历史上著名的楼兰古国便是由于塔里木河尾闾迁移、水源枯竭而致其在繁盛千年之后突然消失的。齐兰古城废弃的直接原因也与古楼兰一样。齐兰绿洲的生命之水来自柯坪盆地东南的麻扎艾肯泉，潜出于县城东南6~7千米处，泉水汇集成红沙河，说它是河流，其实是潺潺的小溪。

清光绪十八年（1892年），时任叶城典史、后任柯坪县丞的王廷襄与齐兰台民户的一段对话，对我们了解齐兰台废弃的原因很有帮助。“两老渠自北而南，西面有一渠虽未废，本年亦未修，居民乏水。东面一渠惟前任修过一次，以后二任皆未修，东渠遂废。”当问到为何不自修，而坐受其困时，民人对曰：“百姓愚，现在头目老不能做事，必得州大老爷谕知乡约督工兴修方能济事。”水利乃民生之本。齐兰渠在台站分东西两渠，时至此时，东渠已废、西渠不畅。齐兰东西两渠的渠首在何处？查阅《柯坪县志》，记述简略。不仅如此，许多自然资源如泉流以及文物遗址记述之简令读者不甚理解，特别是对个别历史史实记述观点错误，应予重修勘误补充。

《新疆图志》卷七十六《沟渠志》中记述，发源于柯坪西铁克里克山的苏巴什沟泉水东流六十里后，在沟口修筑围堰开南北两干渠，余水潜流经红沙梁后复出东流，又修筑阿碛（阿恰勒）渠于城东八十里，该渠“导源麻扎而克沙阜”。阿碛渠又分支渠二：一为阿碛新渠，今灌田七千七百五十余亩；二为齐兰渠，在“城东九十里，……长九十里，广五尺，今灌田三千四百九十余亩”。由此可知，齐兰水引自阿碛渠，阿碛渠水又源自红沙河（柯坪县城西的苏巴什沟泉水之余水潜流至红沙梁，与麻扎艾肯泉合流）。红沙河水主要为阿碛农田用水，确无更多余水入齐兰草滩与黄草湖。当齐兰渠得不到修浚与有效管理，加之上游开垦荒地、拦坝截水，齐兰绿洲必然遭遇因缺水而致的生态危机。

行走在齐兰古城居民区中心区域完全干涸的大池塘的边缘，看着池塘底部泛着白色盐碱，且通向池塘的输水小渠不知何时已然没了踪迹，心中生出几多感慨。这种通过开挖池塘贮水的方式，在这片古老的大地上存在了千年。贮水的池塘俗名“涝坝”，通常人畜共用，水质较差。尤其是齐兰古城区域，本就苦咸的红沙河水经齐兰渠流抵涝坝后比潜出于红沙梁的水要苦咸很多。再加长期缺水，涝坝水得不到更换，余水则更加苦咸难咽。而这种生存的苦咸与生活的快乐交织的时光，铭刻在齐兰人的记忆里，并记录在路经此地的官员及中外探险家与旅行者的游记中。

清道光二十五年（1845 年）四至六月间，林则徐奉命勘定田亩，沿着台路来回两次行经齐兰军台。“台馆虽有两所，均极湫隘，来时未住，今夕勉宿于此。”由林公所记可知，齐兰台馆有两所，比较狭小，水质不是很好。此后，叶尔羌帮办大臣倭仁于咸丰元年（1851 年）和叶尔羌参赞大臣景廉于同治三年（1864年）都曾路经齐兰台，但对台馆着墨不多。1876年12月俄国人库里帕特金经过的池良庄（齐兰），有20余户人家。庄上有一个广场，有两个大池塘，有一所用烧过的砖建成的大客栈，每面墙周长214米。另外他还提到离建筑物不远的直径约13米的池塘，并提到客栈的水略有咸味。1906年12月，法国探险家伯希和从图木舒克到阿克苏途中，停步于齐兰，据其所记："这里共有40多幢房子。齐兰台作为清朝兵营，直到1887年才撤销。该兵营附属于阿克苏，而村庄本身却附属于柯坪。"这种情况形成了今天已坍塌的带枪眼的城堡。据芬兰籍俄国军官探险家、后曾任芬兰总统的马达汉掌握的资料：1907年初，齐兰村约有5000亩土地，由40户农民分享，由于缺水和盐碱性土壤影响，每年只有部分土地可以耕种。同年7月，日本军人日野强经过齐兰，提到，这里约有50户居民，饮用涝坝蓄水，苦咸而且污浊。1913年6月，德国人勒柯克到达齐兰，记述：有一座由几十名士兵守卫的小堡垒，有一口保存得很好的大池塘汇聚了相当好的水。但是，1918年他又到此地时记述：水质还是比较苦咸。1915年5月，英籍匈牙利人斯坦因描述其（齐）兰说这里约有30多户人家，房舍聚集在两座堡垒遗址周围，来自柯坪的水仅仅能流到阿恰新垦的土地上。1931年4月，因齐兰已废弃，斯坦因去了央吉—齐兰（新齐兰），也叫库姆—基齐克的地方，说这里约有30户人家，水渠里的水汇入了一个涝坝中。1917年6月，谢彬奉孙中山之命以财政特派员身份前往新疆考察经齐兰台时，车店民居共30余家，涝坝水极苦咸，数十里外山泉水味道亦苦。有居民赴西南30里许库尔地方种田，至秋收后方回开店，希望从浑巴什河开渠引水浇灌齐兰。1929年因水味咸苦旧齐兰已无人家，黄文弼教授到达的是新齐兰，而新齐兰的水也常有咸味。

齐兰古城遭废弃的命运是由苦咸的齐兰水绝而决定的。但人们并不轻言放弃，仍在做最后的努力。民国七年（1918年）4月25日，时任新疆省主席的杨增新指令柯坪县佐李德良呈报称："齐兰地方，如由阿克苏河及皇工渠接开渠道可垦地十余万亩，究竟该处何地高低如何，能否引水到地，仰即亲往会商金知事（金树仁），勘察明确再行估工绘图呈候核办。"但柯坪县佐李德良关于从阿克苏河引水到齐兰的呈文终未有果，从此石沉瀚海。在此之前，就已有关于阿恰修渠堵坝开垦土地的公文上报。由于阿恰上游修渠堵坝而致齐兰水终于绝迹。面对极度缺水的窘况，齐兰台及齐兰绿洲逐渐废弃，而阿恰与新齐兰绿洲却逐渐发展起来。与此同时，时任阿克苏知事的金树仁则在不久后升任新疆省主席。

齐兰是柯坪特色美食薄皮馕——恰皮塔的发祥地。这种经由馕坑烤制的直径达50厘米的圆形馕，仅有0.3厘米厚，皮薄，酥软、有水分，在新疆实属一绝。在阿恰勒草滩，逐水草而牧的牧民们每天放羊都要走很远的路，聪慧的牧家女主人在给外出的家人备粮时，就把馕烤得又薄又软，使它具备了充饥止渴的特点。恰皮塔皮薄酥软，可以卷着羊羔肉吃，也可以卷辣子吃。这种馕是在原始的土坯馕坑中用杏木枝烘热馕坑烤制的，所以刚出馕坑的恰皮塔馕会带有杏木特别的香味。

写到这里，我深深地吁了口气，文章似乎可以结束了，但似乎还没有结束。孙长龙教授说，在干旱与半干旱地区，生态环境脆弱，人与土地的关系协调发展，需要在尊重自然规律的前提下，发挥人类的能动作用，维持好已有绿洲的生态平衡，毕竟绿洲的转移需要付出更大的代价。这番话也是我探究齐兰古城废弃原因的意义所在吧。

追溯齐兰古城的历史，应不限于清代。按文献所载，齐兰古城至少在明代就已存在，而清代齐兰军台是在明代古城基础上复建的。由此联想到距齐兰古城7千米的唐代齐兰烽燧，推测明代之前，抑或是汉唐，齐兰古城就已耸立于阿恰勒平原之上了吧。

日月轮替，时光流逝。在阿恰勒平原苦咸的风中，齐兰古城依旧孤寂悲凉地横亘于苍茫的大地上，而它的背景则是更加辽远空旷的似乎没有边际的天际线。我们知道，齐兰古城终究会消逝，而关于它的身世，或许终将留下不解之谜。

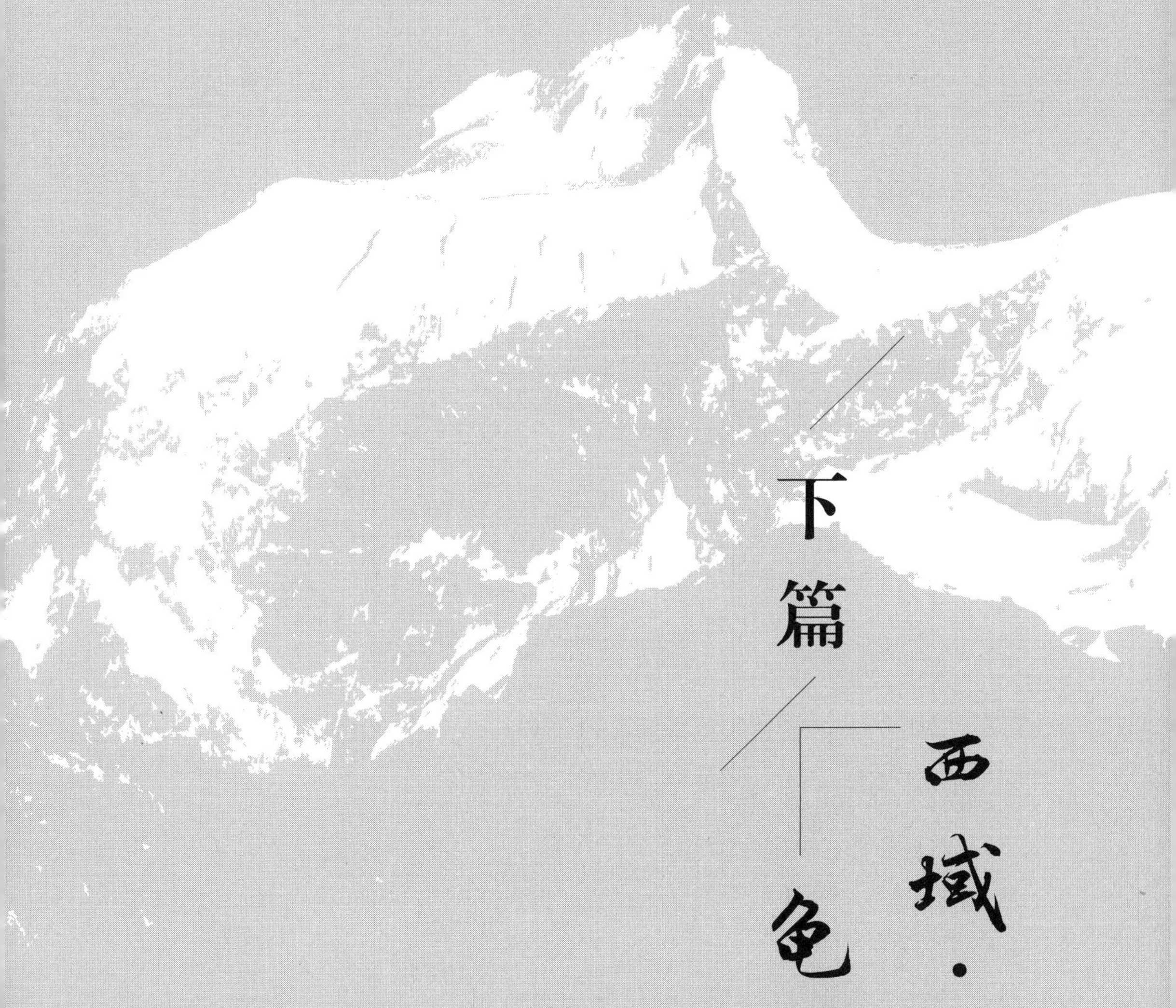

下篇

西域·龟兹

第一章　西域·龟兹

一

尘封的历史是在1889年揭开的。一名英国驻印度的年轻情报官鲍尔，奉命追捕杀害英国探险家安德鲁·达格列什的阿富汗凶手达德·穆罕默德。鲍尔以组织狩猎为幌子组成地下情报网，将自己手下的人撒向阿富汗、中国新疆和“俄属中亚”，追缉凶犯和搜集情报。这个历史背景就来自英国与俄国在中亚地区激烈而残酷的角力。

鲍尔来到塔里木盆地北缘的古城库车蹲窝，偶然从一个名叫古兰·珂迪阿吉的人手中买到一本写在桦树皮上的梵文手稿，一共51页，用木板装订。一年后，他把这本写有谁也不认识的文字的古书带回印度，交给东方学家赫恩勒教授解读。教授很快鉴定出这是一部公元5世纪用婆罗米字母书写成的梵文书稿，虽然不完整，但集中了7种截然不同的文本，是世界上现存的最古老的书籍之一。这本关于巫术与医药的古书，被皇家亚洲学会命名为《鲍尔古本》。年轻的上尉鲍尔从此名扬天下。赫恩勒教授在公开发表《鲍尔古本》时说：“《鲍尔古本》的发现及其在加尔各答的公开发行，开辟了一个中国新疆考古的新纪元。”另一名学者在皇家亚洲学会杂志上带着蛊惑的口气说："手稿的发现，使科学的欧洲开始了对古代文物更有魄力的追求。"鲍尔的奇遇燃起了欧洲列强对中国新疆探险的狂热。从《鲍尔古本》被发现开始，许多外国探险家开始进入新疆塔里木盆地，特别是今阿克苏地区的库车、拜城、新和、沙雅、阿克苏及轮台等古代龟兹地区进行考古调查，寻访那个在古代1000多年的时间里曾创造了辉煌的文化，并影响了大半个世界的神秘王国的文明印迹。

著名的《鲍尔古本》在库车被发现后，英国探险家斯坦因认定新疆是一个非常理想的考古场所。1893—1898年，在英属印度孟加拉亚细亚学会总干事霍尔宁的提议下，印度政府责成英印驻中亚各外交机构代为收购文物，结果在加尔各答汇集了大批主要是出自新疆塔克拉玛干沙漠的文物。但英印考古学家们不知道这批文物的确切出土地点与断代，出于历史研究需要，必须加以核实。之后，斯坦因从印度经帕米尔进入中国新疆，接着是瑞典人斯文·赫定。但他俩都没有到过库车，即使斯文·赫定顺塔里木河曾经沙雅而达轮台的罗布人治所。

早在鲍尔之前，俄国人已向新疆派出间谍。1858年，俄国人瓦利汉诺夫伪装成乌兹别克人，潜入阿克苏、乌什等地，盗窃和刺探情报，还窃走大量文物。是年，以哈明托夫为首的俄国军事地形测量团从伊犁河上的伊犁堡垒经科帕尔到阿克苏河的主要大道上进行测量。

法国人伯希和于1907年1月2日来到库车，在这个发现《鲍尔古本》的库车绿洲进行了8个月的考古发掘，直到1907年9月3日才离开，然后写了本《伯希和库车地区考古记》。这位熟知13种印巴和中亚地区及中国新疆塔里木盆地古老文字与语言，包括龟兹-焉耆语和婆罗米斜体古文字的著名汉学家，在库车的考古成果颇丰。他认定书写《鲍尔古本》的文字确曾在古代龟兹地区广泛使用，解答了西方学者对《鲍尔古本》出于何地等众多问题的困惑和疑问。

但富有戏剧性的是，《鲍尔古本》这个事件在斯坦因的质疑中发生了颠覆性的转变，原来被这些西方探险家花费心血和金钱大量收购来的古代文书却是一个名叫斯拉木·阿洪的文盲伪造的，斯坦因将此人拍照后记载在他的著作《古代和阗》中，而斯拉木·阿洪则不知所终。

二

1928年3月，一个震惊史学界的重大发现，开启了中国人寻觅古代西域特别是淹没千年的龟兹文明的热情，也揭开了2000年前那段鲜为人知却令人感慨的沉重历史的封条。时中国西北考察团的黄文弼教授到库车考察，并在库车建立测候所（文物所）。是年9月，黄文弼教授在新和县玉奇喀特古城发现了一枚精美的铜印——“李崇之印”。不久，另一枚更为精美的卧羊造型的“汉归义羌长印”也在这里出土。

黄文弼教授当时欣喜若狂。他熟知历史，李崇是汉王朝西域都护府第十八任都护，也是最后一任都护。这一私印的出土，无疑是考古界的一大发现，并可能书写新疆历史考证的新篇章。而汉归义羌长印的主人是汉王朝册封的羌族首领，虽然他姓甚名谁已不可考，然而史籍记载西域都护李崇当年平定叛乱时曾有羌人助战，或许这印信就属于率领这支羌族军队的统帅？他们的私人印信为何被丢弃在这座古城的废墟中？这里曾发生过什么？让我们回到2000年前的一场战争中，去重温那段慷慨悲壮的历史。

龟兹。西域都护府治所它乾城外大校场。

战马嘶鸣着，刀剑枪戟激烈地叩击，冷酷的金属撞击声与将士的低吼声此起彼伏。这是战争开始的前奏。只待一声军令，铁流顷刻直泻焉耆叛军。但将士们感到与以往的出征有细微的不同，统帅有些许的迟疑，李崇将军似乎在等待什么。

都护李崇骑马面对西域都护府数千汉军，听出在刀剑叩击声中有些许的节奏不合。他隐约感到将士中有急躁的情绪在蔓延，虽然军队的战斗决心极强，而轻敌状态使李崇有点担心。他心里知道他们面对的敌军——匈奴与焉耆叛军组成的联军，战力强悍，行动迅疾，手法残酷残忍，且有地利与人马多、武备精良的优势。

白色战马突然嘶鸣着，前蹄腾空，猛烈地前倾欲冲脱束缚它的缰绳，这惊动了马背上思考的李崇。他有些恼怒，挥起马鞭，然而那一刻他却在坐骑的眼中看到一丝不祥的神色。

“都护大人，龟兹、姑墨、莎车七千军士已到帐前，听从调遣！”传令兵带来的这个消息多少让他稍稍安心。

公元前60年，西汉王朝在乌垒城（今轮台县东北野云沟附近）设立西域都护府，拉开了汉王朝与匈奴争夺西域心脏地带的残酷斗争的大幕。从这时起到王莽末年李崇任都护止，西汉王朝（包括王莽篡汉）历任都护共有18任。乌垒，这个从公元前60年至公元8年近70年的时间里都驻有西域都护的荒僻小城，一直都是对抗匈奴势力的前沿阵地。

公元前77年，负责龟兹等地屯田事务的校尉打弥太子赖丹被龟兹贵人姑翼率龟兹军杀害，其屯兵无一幸免，全部战死沙场。公元8年，王莽新政，西域不稳，匈奴残余借机重新崛起。公元13年焉耆叛汉，西域都护但钦被杀，但钦在西域都护任上所建立的功业毁于一旦。西域诸国除龟兹外大都叛汉，汉朝在西域的统治岌岌可危，匈奴势力逼近乌垒城。

天凤三年（16年），继任西域都护李崇、五威将军王骏和戊己校尉郭钦以汉朝名义号令龟兹、姑墨和莎车，起兵攻打叛乱的焉耆。

然而，这场精心策划了三年的战争结束得太出人意料，简单得甚至没有悬念，王骏遭伏，随汉军征讨的姑墨军临阵叛汉，截断李崇救援王骏之兵，王骏在突围中被乱刀砍死。接着，乌垒失守。李崇被迫带着残军，据险退守西川水（渭干河。后唐朝在此设柘厥关），再退白马河玉奇喀特古城，还保龟兹。

8年，整整8年，李崇苦苦坚守，维系着汉朝在西域的唯一力量。公元24年，王莽驾崩，朝廷无力顾及西域。终于，在被数千焉耆军士包围后，李崇和那位羌族首领以及身边的少量汉军和龟兹将士坚守古城，血战数日，最终城被攻破，他和守将全部战死在都护府治所。那天残阳如血，漫漫荒野和玉奇喀特古城内外陈尸无数，只有战马望着西下的落日，不甘地嘶鸣……

公元74年，时任军司马的班超率36人降服于阗后，西进疏勒，抓获龟兹王建所立兜题，立原疏勒王兄子忠为疏勒王，又率疏勒、康居、于阗、扜弥兵1万人破姑墨石城。87年，班超复又征调于阗等国兵2.5万，计使莎车降汉。永平十八年（75年），汉明帝病危，西域再燃烽烟。东汉首任西域都护陈睦及部众2000余人在西域都护府被焉耆、龟兹大军围困，最后陈睦及部众全部被杀。公元91年，龟兹、姑墨、温宿等向汉朝投降，班超任西域都护。汉永元六年（94年）新任都护班超联合龟兹、鄯善诸国7万兵力，大败焉耆，生擒焉耆王广，在陈睦都护战死的西域都护府治所故城斩之，并传首京师，以雪李崇、陈睦都护被杀之仇。之后，西域五十余国皆归汉朝。班超肃清匈奴势力后，西域都护府移至龟兹它乾城。至此，西域又统一在大汉旗下。班超被汉和帝封为“定远侯”，他是一位功勋盖世的军事家、政治家、外交家。大败焉耆，“西域五十余国皆平”，显示出班超卓越的胆识和才能。法国丝绸之路研究专家布尔努瓦夫人在其专著《丝绸之路》中指出：“在30年不知疲倦的征战中，班超在中亚的影响几乎无所不在，而他进行的征战几乎是常胜不败的。”

三

说到龟兹古文明的再发现，我们必须回到2000多年前的西汉，重新用新的视野和观点去审视与思考那段久远的历史。张骞开通西域，这是轰动长安的大事件，给当时中国人的强烈冲击和震撼是前所未有的，它所带来的哲学思考和现实意义都非常重要。

因了张骞经龟兹寻访月氏而使龟兹知名于大汉长安城，从此之后的近千年中，龟兹服饰、乐舞及节会礼数等成为长安这个当时世界超级都市的上层时尚。其实，龟兹名最早见于公元前3世纪印度阿育王时期的《阿育王息坏目因缘经》。《汉书·西域传》记载，西汉初，境内有龟兹、姑墨、温宿、尉头等城郭诸国。龟兹、姑墨、温宿共有12670户124217人，古时，居民有羌人、九黎人、龙勒人、印度人、秦人和汉人等。随着经济社会发展以及受战乱影响，经商传教、出使及躲避战乱而定居龟兹的还有吐火罗人、粟特人、波斯人、月氏人、大宛人、康居人、塞人、匈奴人、鲜卑人、柔然人、高车人、突厥人、嚈哒人、黠戛斯人、吐蕃人、乌孙人、车师人、高昌人、焉耆人、于阗人及疏勒人等。10世纪中叶开始，回鹘人和葛逻禄人进入塔里木盆地，成为龟兹主要居民之一。西汉元康元年（前65年），龟兹王绛宾与夫人弟史入朝，汉宣帝赐印信绶带，封弟史为汉家公主。汉朝率先对龟兹行使中央王朝权力。神爵二年（前60年），汉朝在乌垒设西域都护府，龟兹、姑墨、温宿、尉头均为其治辖而正式归入汉朝版图。永元三年（91年），东汉于龟兹它乾城重置西域都护府，龟兹成为汉朝统辖西域的中心。魏晋时期，姑墨、温宿、尉头先后并属龟兹，轮台、尉犁、焉耆、疏勒、和阗、莎车、巴楚等塔里木盆地各绿洲城郭诸国均在龟兹势力范围之内。

龟兹王绛宾不仅是龟兹王朝第一位力主与汉王朝友好联姻的君王，而且是具有远见卓识为汉朝统一西域立下开创性功勋的风云人物。他与汉解忧公主之女弟史结为恩爱夫妻更是中华民族史上光耀千秋的美丽佳话。重温这段历史，要从汉与乌孙和亲说起。和亲是中国古代历史上汉族封建王朝与少数民族统治集团之间采用的通过联姻方式达到各方力量均衡，从而获得短暂的和平的外交手段。公元前105年，游牧于伊犁河和楚河流域的乌孙昆莫猎骄靡遣使长安，提出“愿得尚汉公主，为昆弟”的请求，并以天马千匹为聘礼。汉武帝答应了猎骄靡的请求，将江都王刘建之女转为细君公主嫁给了他。细君公主到达乌孙后，汉朝每隔一年便派使者探视。后来，猎骄靡和细君相继病故，军须靡即位。汉武帝以楚王刘戊之孙女解忧为公主，嫁给军须靡。不料，解忧公主在前往乌孙途中，得知军须靡的死讯。有人劝解忧公主返回长安，解忧毅然拒绝。后来翁归靡即位，汉武帝将解忧嫁给翁归靡为妻。解忧公主在乌孙生活50余年，生有4男2女。解忧公主老年东归故土。公元前71年，解忧公主的女儿弟史到长安学鼓琴，路过龟兹。当时，匈奴占据漠北，丝路北道阻塞，乌孙使节和解忧公主及商旅、僧侣都南下天山（弓月道或热海道），绕道龟兹，从丝路中道出西域而到达长安。

龟兹王绛宾早已听闻弟史出色的姿容和音乐才华，内心倾慕已久，只是无缘相会。天公作美，弟史路过龟兹，绛宾喜出望外，决心留住她。为了欢迎弟史，绛宾特意在王宫安排了一场盛况空前的音乐会，龟兹著名音乐家都出席并演奏了龟兹音乐。弟史看后，甚为赞赏。绛宾彬彬有礼地邀请弟史弹奏了一曲琵琶。弟史端庄的仪态和弹奏的优美旋律，更使绛宾对弟史依恋难舍。于是他派使节赴解忧公主处，表达自己想娶弟史为妻的迫切心情，得到了解忧公主的应允。元康元年（前65年），龟兹王绛宾与弟史一同前往长安觐见汉宣帝。在一番特殊的礼遇后，绛宾与弟史在长安住了一年，学习了汉朝文化。此后，绛宾与弟史又数次到京师朝觐和学习。《汉书·西域传》中描述绛宾“乐汉衣服制度，归其国，治宫室，作檄道周卫，出入传呼，撞钟鼓，如汉家仪”。很明显，绛宾在龟兹大力传播了汉朝的礼仪制度，为中原王朝与西域的文化交流做出了重要贡献。但那时有些故步自封的人讽刺绛宾“驴非驴，马非马，若龟兹王所谓赢（骡）也”。而绛宾对此置之不理，并让自己的儿子以汉朝外孙自居，世代服从汉朝的政令军令，为祖国统一效力。

绛宾王之子丞德遵从父亲教诲，继续实行亲汉政策，为维护国家统一作出了重大贡献。《汉书·西域传》赞称：“绛宾死，其子丞德自称汉外孙，成、哀帝时往尤数，汉遇之亦亲密。”公元91年，班超废龟兹王尤利多，立白霸为龟兹王，开始了白姓家族统领龟兹近800年的历史。龟兹王汉代从白霸起至白环止，都是白姓，至魏晋龟兹王白氏有3位，隋唐在位可考的共有9位。

从公元46年起，东汉初创，西域动乱，匈奴残余趁乱又起，进占龟兹，进行分裂扩张。匈奴唆使龟兹王建攻杀疏勒王成，并封龟兹左侯兜题为疏勒王。塔里木盆地诸王国相继沦陷于匈奴，天山南路的社会经济遭到严重破坏，龟兹与汉的关系几度出现逆流。说到此处，再去史海钩沉。

汉永平十六年（73年），东汉政府为统一西域，决定派假司马班超率史士36人，驰赴塔里木盆地丝路南道。班超智勇双全，不惧险恶，首先在鄯善击杀匈奴使臣，使鄯善臣服。而后收复于阗、莎车。永平十七年（74年），班超以迅雷不及掩耳之势直进疏勒，劫缚疏勒王兜题，后将其放归龟兹。班超另立原疏勒王成之兄子忠为王，再以于阗、疏勒之兵击退匈奴势力，使于阗、疏勒、康居、扜弥等国复臣于汉。班超奏请复置西域都护。永平十七年（74年），东汉始以陈睦为都护暂驻焉耆，屯田车师后部金满城（今新疆吉木萨尔）车师前部柳中城（今新疆鄯善鲁克沁）。次年焉耆再降匈奴叛汉，攻杀陈睦，都护再罢。建初三年（78年），班超率疏勒、康居、于阗、打弥兵万余破龟兹属国姑墨石城，徐干率一千汉兵驰援。同年班超上疏汉章帝重定西域，未果。章和元年（87年），班超再发于阗、疏勒兵攻伐莎车，龟兹派军驰援，班超以少胜多，击败龟兹援军，莎车降。龟兹、姑墨、温宿等见匈奴大势已去，纷纷臣服于汉。永元三年（91年），汉朝命班超为西域都护，徐干为西域长史，驻守龟兹它乾城。公元94年，匈奴最后堡垒焉耆降汉。至此，西域皆平。

站立于古龟兹故地今新和县玉奇喀特古城一处略高于其他城垣的土台之上，遥望远处迷蒙的地平线，心中感慨万端。脚下的这片土地曾是西域历史的风暴中心，这块饱经沧桑的大地经历过无数的金戈铁马、腥风血雨！遥想当年，有多少杰出将帅在这里叱咤风云，出奇制胜，创造了战争史上的奇迹，多少忠勇之士在这里写下浴血奋战的悲壮诗篇！自公元前200年开始，持续300年的汉匈战争在这里最为惨烈悲壮！西汉时期西域都护18人，先后有数位都护和数万将士战死沙场。

在汉通西域之初，汉武帝即位后立即与匈奴展开了生死搏斗，于公元前123年、前121年、前119年命卫青、霍去病三次出击匈奴，给匈奴以沉重打击，并使右地浑邪王率领4万人归汉。由是河西走廊平定，从此“金城、河西并南山至盐泽，空无匈奴”，汉遂设河西四郡，汉朝与匈奴的斗争中心由此转至西域。汉武帝接受张骞建议，制定了“断匈奴右臂”战略，联合月氏和乌孙，东西夹击匈奴。由于匈奴控制了天山东部的车师地区，汉朝西进西域只能从西北出玉门关，经楼兰，直趋渠犁、轮台、龟兹一线，以联络乌孙切断匈奴右侧在西域的控制线。时车师、楼兰、渠犁、龟兹等被匈奴严密控制。汉朝将战略中心移置龟兹，之后又有张骞凿空，夺取车师、楼兰，贰师将军李广利西征，讨伐大宛的一系列英雄壮举。为了争夺中亚与西进通道，汉朝与匈奴前后反复激战、残酷搏斗300年，从敦煌西出玉门关经楼兰直趋轮台、龟兹，每前进一步，都要经过殊死搏杀！

班超被征召回到京师后，继任都护任尚遭遇叛乱，被围困在疏勒，时任西域副校尉的梁慬率河西四郡将士前去解困，迫使围困之军闻讯散去。朝廷召回任尚，段禧继任都护，据守它乾城。班超之子班勇降服龟兹王白英，至东汉末年，龟兹一直听命于东汉政府，并成为东汉统治西域的政治和军事基地。

班超收复西域，有他个人智慧、勇敢以及部属忠烈的原因，更重要的则是基于西汉经营西域时打下的良好基础——大汉的威望与信义以及一以贯之的治理政策，但因王莽新政偏差致匈奴借机东山再起而后酿成大乱，造成西域“三通三绝”。

四

三国、两晋及后来的十六国和南北朝，在长达300余年时间里，我国处于纷扰乱世。我国少数民族氐族建立前秦王朝一统中原后，前秦王苻坚于公元383年命吕光率军7万西征，一路过高昌，降焉耆王，兵临龟兹城下。当时龟兹自恃西域最大王国，一直拒绝服从中央号令，勾结阿姆河狯胡部与中央分庭抗礼。狯胡派兵20余万与吕光大战于龟兹城西，狯胡大败，龟兹王白纯出逃，吕光遂立白纯之弟白震为王。至此，西域各国纷纷臣属前秦。公元385年吕光掠龟兹高僧鸠摩罗什至凉州，公元413年，鸠摩罗什逝于长安。自公元386年鲜卑族建立北魏至唐初，龟兹一直向中央王朝朝贡。公元568年，龟兹音乐家苏祇婆随突厥公主阿史那入长安。唐贞观十三年（639年），西突厥乙毗咄陆可汗夺得汗位后，开始全面反唐。继位的乙毗射匮可汗继续反唐，且更加狡猾，用联姻、派遣监国官员等手段监控诸国。唐贞观二十二年（648年），西突厥叶护阿史那贺鲁倒戈，投向大唐。是年十二月，大唐发布檄文西征，命昆丘道行军大总管、左骁卫大将军阿史那社尔率突厥降骑及铁勒步骑兵13万主力与安西都护郭孝恪统帅的西州唐军分道并进决战龟兹。阿史那社尔率大军5万首战龟兹多褐城（距今库车东20千米的塔汗其古城），龟兹兵败。唐军攻入龟兹都城，龟兹王诃黎布失毕西逃拨换城。安西都护郭孝恪进驻都城，阿史那社尔追击龟兹王至拨换城，继而攻占拨换城并生擒龟兹王。从拨换城脱逃的龟兹国相那利引西突厥万余人反攻龟兹都城，都护郭孝恪中流矢而亡。仓部郎中崔义起孤军死战，力保都城不陷。曹继叔、韩威二将从城西北隅反击，经过一夜激战，那利兵撤退。多年之后，那利又带领龟兹一万多人逼近都城，曹继叔迎头痛击，大败西突厥军，斩首8000级。阿史那社尔先后攻下五城，扶立龟兹王之弟叶护为王。那利逃跑途中被活捉，押赴军门。诃黎布失毕后被唐高宗释放并复封为龟兹王。公元658年，诃黎布失毕病逝，唐高宗封其子白素稽为龟兹王兼龟兹都督，授右骁卫大将军。唐太宗去世后，因平定龟兹有功而被授予唐左骁卫将军的西突厥阿史那贺鲁叛乱，东袭北庭，欲击河西，阻塞商路，威胁大唐。唐军西征大将苏定方兵出弓月，荡平西突厥阿史那贺鲁叛乱，突厥十姓部落全部归唐，原臣服于西突厥的中亚诸国也主动降唐。这是一次伟大的历史性的胜利！安西都护府升格为安西大都护府，置龟兹、焉耆（后以碎叶镇代焉耆）、于阗、疏勒四军镇，领辖天山南北两路及巴尔喀什湖以南、帕米尔以西的中亚诸地，大唐盛世的光辉自此在西域升起。

站在新和县通古斯巴西古城箭楼之上，眺望四野。脚下古城的周围还有8座古城，这片大地是安西唐军兵屯的重地，也是狼烟四起的古战场。当时面对西突厥和吐蕃的威胁，唐军将士在这里抛洒热血，殊死搏杀。在西域历史的风云变幻中，那些为统一大业浴血搏杀的历史故事以及为国捐躯烈士的生平事迹，是我在重温历史中最受感动的。

天宝十四年（755年），安史之乱爆发，吐蕃趁驻扎河西的军队调往中原平叛，兵力空虚，攻占河西之地，阻断了安西与中原地区的联系，安西大都护府成了孤悬流沙的孤岛和唐朝“飞地”，历史进入了非常严峻的时刻。西域各族军民誓死苦守龟兹50余年，谱写了一部惊天动地的悲壮史诗。其时，安西都护为唐代名将郭子仪之侄郭昕，他不仅团结四镇汉军保卫龟兹，而且携手回纥，依靠臣属大唐矢志忠于唐朝的龟兹王白环、焉耆王龙如林、于阗王尉迟曜、疏勒王裴冷冷，共同应对吐蕃重重包围的严重威胁，使安西防卫固若金汤。贞元五年（789年）唐高僧释悟空回京师，途经安西四镇，见四镇守，说明这时安西四镇仍是唐守。50余年后，唐王朝才知晓安西都护府仍在苦苦支撑，但因安史之乱后国力衰竭，无力顾及西域，派兵支援，仅颁布诣令口头嘉奖。龟兹最终不敌吐蕃，于元和三年（808年）失陷。都护郭昕及守军将士无一生还……

如血残阳下的通古斯巴西古城历经1000多年风雨依然挺立。眼前蓦然出现了1000多年前的景象——艰难守卫龟兹50余年的都护郭昕及唐军将士，从昔日少壮武士，至白发苍苍，仍身披铠甲，手握宝剑！每当夕阳西下或月圆之夜，守卫龟兹的汉军将士常常在城头怅望东方，虽至死也未能返乡而客死他地，但他们宁愿为国捐躯也不做逃兵！面对从脚下延伸至远野的堆堆荒丘以及苍茫荒原，我热泪满面，一声长叹：古人长逝，英灵安在?！著名历史学家王永兴在1993年写道：“从唐贞观十四年（640年）到现在已1353年，我们不能不缅怀祖先创业的艰难，其中远见卓识、雄才大略的太宗皇帝，他身居长安而心系西疆，其中也有勤劳勇敢的万千健儿，他们在寒冬酷暑之时，在绝漠峻坂之地，荷戈卫国。我们要无愧为他们的子孙!”

自贞观二十二年至元和三年，安西都护府在西域大地上主演了160余年波澜壮阔的历史大剧，给后人留下了无比珍贵的精神财富。新疆龟兹石窟研究院王建林研究员称赞道:“安西大都护府是唐朝设在西域的最高军政机构。历任安西都护和四镇节度使及将士们在抵御外敌、守疆卫土、团结各兄弟民族共同经营西域、保卫丝绸之路畅通的漫长岁月里，立下了不朽的功勋，他们的姓名将永远光照史册!”

五

综观汉唐经略西域近千年的历史，感慨良多。今天谈张骞，不是为了发思古之幽情，而是因为张骞身上所投射出来的某种穿透历史的力量和魅力。这不仅仅是指张骞与“蛮夷”交往的个人魅力，诚如司马迁所言，他“为人强力，宽大信人，蛮夷爱之”，更重要的是他体现了那个时代自信的精神、魄力与气象。而汉唐将士的血性尚武与“士以天下为己任”的担当意识和强烈的爱国精神，亦彰显了那个性张扬、自信宽宏的汉唐气象。

张骞通西域，意义非凡。在此之前，“自周衰，戎狄错居泾渭之北。及秦始皇攘却戎狄，筑长城，界中国，然西不过临洮”。当时，中国人的地理视界为中国居天下之中，不知中国之外有多大世界。时“西域诸国大率土著，有城郭田畜，与匈奴、乌孙异俗，故皆役属匈奴”。班固说:“汉兴至于孝武，事征四夷，广威德，而张骞始开西域之际。”张骞开通西域，通过其沿途见闻，汉武帝首次了解到西域的翔实情况，确立了对西域“诚得而以义属之，则广地万里，重九译，致殊俗，威德遍于四海”的构想。由此，汉武帝加速了统一西域的步伐。

汉朝开拓统一西域的出发点与落脚点不仅仅出自商贸等经济活动，而更是考虑到国家政治、外交和国家安全这个根本！匈奴日盛，起初劫掠边境，而后进击汉朝北部地区，严重威胁大汉安全。在这一前提下，才有了“斩匈奴右臂”，张骞开通西域，汉匈大战数百年，汉朝经略西域。而到唐朝则亦然，不同的是前者的对手是匈奴，后者的对手是突厥、吐蕃和大食。其实，“丝绸之路商贸量是很小的，不足以偿养西域驻军，便有了屯田之举。当时西汉与西域之间驰命走驿，不绝时日，商胡贩客，日款于塞下”。汉朝派出的使节，每批多则数百人，少则百余人，一年之中，多则十余起，少则五六起。路程远的往返要八九年，路程近的也要三五年。西域的使者和商人，也跋山涉水，披星戴月，云集汉朝边塞。

丝绸之路并不仅仅是一条路，而是密织四达的道路网络。往返商贾，即主要参与者是波斯人或粟特人，而以罗马为代表的欧洲却鲜有参与。但在近代西方人眼里它就是能在地图上画的直线，一条直路。德国人费迪南德·冯·李希霍芬于19世纪末提出“丝绸之路”这个词或概念时，第一时间想到的恐怕不是经贸，而是一条铁路——代表欧洲工业文明的贯通欧亚的洲际铁路。这条路可以将欧洲的贪婪之手从陆上西亚、中亚这条捷径伸向亚洲东方，使其更方便地进行掠夺。而日本则在百年前就对西域进行研究，美国更是一直未曾停下参与争夺中亚的行动。显然，西域不仅是联结欧亚大陆的中枢，也是东西方现代文明博弈的主场，其战略地位的重要性不言自明。“一带一路”倡议的提出和实施更彰显其重要性。

盛极则必衰，这是无法回避的规律。龟兹最盛时北枕天山南临大漠，公元840年进入西州回鹘势力范围，11世纪末归附喀喇汗王朝，开始皈依伊斯兰教，之后它成为西辽、元朝统治的一个行政区。14世纪，蒙古杜格拉特部秃黑鲁·帖木儿汗的东察合台政权在阿克苏宣告建立。秃黑鲁·帖木儿汗是西域首个皈依伊斯兰教的蒙古可汗，察合台政权在南疆强制推行伊斯兰教，在此以后，佛教、道教及其他宗教在龟兹及南疆地区的影响力明显削弱。清乾隆二十三年，即1758年，龟兹归入大清版图后定名库车。其实，龟兹之名和它曾名震西域的辉煌都在公元840年后湮灭在滚滚而来的历史大潮之中。

莎士比亚说："凡是过往，皆为序章。"

第二章　鸠摩罗什——伟大的文化使者

一

公元413年的四月暮春，那是个礼佛的日子。长安城的人们并不同于往日那样熙熙攘攘穿梭于市井长巷。偌大的长安城内虽被盛开的樱花、牡丹花、桃花以及繁多的迎春花装扮得美轮美奂，但大街小巷却空寂冷清。明丽的蓝天依然透着暧昧的春色，但缺少了些许的温和暖意。从长安大寺往皇宫的大道上有急驰的信使与行色匆匆的白须御医，他们神情肃穆而有些悲伤。长安大寺内外信众跪拜西方，祈求天佑鸠摩罗什大师平安。

蓦然间，晴天一声霹雳，闪烁之光由寺中而往长空，隐约可见空中有五彩云霓幻成光晕，犹如绽放在空中的礼花一般。突然，明丽清澄的天空降下大雪。大雪漫漫，大地皆白。顺臾，雪霁。这时从大寺中传出大痛大悲之声："大师圆寂！"顿时一片静寂。"大师圆寂"之声平缓而出，却犹如雷霆万钧之力从信众的头顶和耳旁呼啸而过，直往皇宫而去。片刻，皇宫传出悲凄之声。后秦皇帝姚兴悲痛欲绝，那悲凄之声须臾便与长安大寺的钟声汇合而上云霄。长安城中悲凄之声便演化出不绝的痛哭号啕，万众之泪与从天而降的大雨汇流，荡涤一切。雨后，长安与东土大地焕然一新，犹若新生一般。尔后，“中观”之音响彻五岳四海。

其时，鸠摩罗什大师在虚无中看见了自己的前世与今生，接着又看见了养育他的远在西域的那片大地——辽阔旷远而又恢宏野性的土地，如幻景般倏忽而逝但又真实地在眼前重现。

又是春天。在鸠摩罗什大师圆寂的69年前，即公元344年的春天，在苍茫而蛮荒的西域，那个被称为佛都的龟兹王宫里，公主诞下一个男孩，头阔面方，四肢修长，似2岁孩童。那天龟兹风和日丽，远处昭怙厘佛寺的钟声与王宫内御用大寺的钟声响彻云端。

他的身体里流淌着天竺望族和龟兹王族的血，这来自他担任龟兹国师的父亲鸠摩罗炎和身为龟兹公主的母亲耆婆。那天，一个悠远的声音在他的耳边轻轻说道，释佛是印度的王子，但他丢弃高贵的身份，谦卑而诚恳地贴近大地——大地是善的源头。悟道之路漫漫，悟道无论贵贱。中土的圣人庄子说：“夫大块载我以形，劳我以生，佚我以老，息我以死。故善吾生者，乃所以善吾死也。”这个“道”是他40岁以后，学习了汉语与汉典后才领悟的。他觉得养育圣人的土地无论怎样地不同，但圣人之道却是惊人的相同。

他从佛那里知晓了世间最神秘也最迷人的事物是宇宙和大地。宇宙——空灵而充满幻想。大地——丰饶、多姿而辽阔深厚。大地是一个隐喻，它是各种各样神灵的化身。行走是人类的本能，也是人类认识大地与神灵的方法和途径，唯有行走才能朝圣神灵而满怀感恩。行走使人类进化，使人类获得智慧，没有行走，便无人类。

二

西域王国龟兹，在先秦时代便笃信佛教，两汉时为汉西域都护府所在，声被东国，道震西域。其国都延城，城有三重，恢宏非常，宫室壮丽，饰以琅玕金玉，焕若神居。

鸠摩罗什7岁时出家，习学小乘理论，从师受经，日诵千偈，偈有32字，凡32000言。诵《毗昙》既过，师授其意，即日通达，无幽不畅。9岁时鸠摩罗什便随母亲耆婆到罽宾（今克什米尔）求学，师从当时著名的法师槃头达多，学习《阿含经》等经典，凡400万言。他在和印度其他宗教派别的辩论中崭露头角，名噪一时。12岁时他随母返龟兹，途中曾在沙勒（今喀什）留住一年，师从当地名僧大德，学习小乘阿毗昙摩、“六足论”和大乘《中论》《百论》等，还涉猎印度婆罗门教经典“四吠陀本集”和印度传统的学问“五明”及天文、历算等等。之后，他回到故乡龟兹，继续从事佛学的研究与说教。20岁时，鸠摩罗什于龟兹王宫受具足戒。21岁时，他再南下经沙勒赴莎车，遇佛陀耶舍，习《十诵律》，又留住一年。时莎车王子须利耶苏摩高僧舍国从佛，鸠摩罗什从其研习大乘佛典《摩诃般若》《大集经》《华严经》三部大经，广求义要，诵《中论》《百论》二论，终于完成了由小乘到大乘转变的过程。

改宗大乘是鸠摩罗什由卓越而伟大的分界，亦是佛教的中国化。但他从小乘改宗大乘既承受了极度的痛苦又收获了欣喜，从此感到自己进入一个广大世界——幸福祥和的大乘世界。鸠摩罗什曾感叹说：“吾昔学小乘，如人不识金，以鍮石为妙。”从此，鸠摩罗什精研大乘龙树系学说，这为他后来在中原弘扬大乘中观思想，以及中国佛教三论宗及后来的佛教禅宗等诸宗的形成打下了理论基础。

公元4世纪中叶的塔里木，是个风云际会、高僧辈出的地方。在鸠摩罗什的推动下，这里掀起了一场席卷西域城郭诸国的大乘佛学运动。这场思想运动虽然为时不久，但对于西域乃至中国佛教的发展都产生了极其深远的影响。

之前，鸠摩罗什随母亲从莎车重返龟兹路过温宿时，他将惊世辩经重新演绎，不同的是前次是为改宗大乘，而此次则为弘扬大乘。时温宿已为龟兹属地，当地一个有“神辨英秀，振名诸国”之誉的小乘派和尚，英俊识博，辩才卓越，诸多辩手无一不败于此人。但他恃才孤傲，藐视天下，放出豪言：“如果有人赢我，就砍下我的脑袋向他道谢！”其与鸠摩罗什辩经，结果是鸠摩罗什大胜。

温宿辩经使鸠摩罗什“声满葱岭，誉宣河外”，成为“四远宗仰”的佛学大师。鸠摩罗什在西域名声大振，得到龟兹王的尊崇，他亲自到温宿迎鸠摩罗什回龟兹。此后，龟兹每年举行一场大法会，并设金狮子座，铺锦缎于其上，供鸠摩罗什“坐而论道”。每次法会都非常隆重，听经的都是诸王国国王、大臣和高僧大德。诸国王常跪坐于法座旁，前置一腿，供鸠摩罗什踏着膝盖登上法座。鸠摩罗什神态安详，口若悬河讲说大乘经论，听法者常达千人以上。

这时的鸠摩罗什思想日渐成熟，他已萌生再次远行的心愿，并决意到那魂牵梦萦、毕生神往的壮丽宏伟的中土大地去，那里才是他的归宿。

不久，一心求法而寻求内心安定并笃信小乘的鸠摩罗什的母亲辞别龟兹去往天竺，临行言道：“大乘教法方正平等甚深，理应将其真经义要领悟并原本阐发，如若将其传扬至东土，唯有依赖于你自己一个人的力量。但这件宏大的伟业对你而言却没有丝毫的利益，你为何要去尽力而为呢？”鸠摩罗什答道：“大乘菩萨之道，要利于他人而忘却自己。倘若我能够使佛的教化流传，使迷蒙的众生醒悟，即使我将承受炉灼锅煮的苦楚，也没有丝毫的怨恨。”

三

佛教传入中国的端头南线是于阗，北线是龟兹，由龟兹再到敦煌，故而龟兹佛教的盛行早于敦煌近200年。准确地说，佛教传入龟兹的时间约为公元前1世纪。西汉元封二年（前109年），龟兹向汉武帝献僧侣所用的澡罐一口，铭云：“元封二年龟兹国献”。这是佛教传入龟兹初期的史实。到公元3世纪中叶，佛教在龟兹广为传布，僧俗造寺，开窟造像，绘画供佛和饭僧。初传龟兹的佛教为小乘佛教。东晋时，鸠摩罗什在龟兹布施大乘佛教。《晋书·四夷传》载：“龟兹国……俗有城郭，其城三重，中有佛塔庙千所。”7世纪上半叶唐朝高僧玄奘赴龟兹时，龟兹有“伽蓝百余所，僧徒五千余人”。最多时，僧徒可达万人之多。

龟兹长期盛行小乘佛教，鸠摩罗什之前，大乘也有所传播，但势力微弱。鸠摩罗什改宗大乘，是龟兹佛教的重大事件，不仅因他是龟兹王族，也因他曾是西域诸多小乘高僧如槃头达多的学生，他的改宗，引起了很大震动。时中原西晋灭亡后，华夏形成了五胡十六国王朝割据的局面。割据政权中的前凉、前秦、后凉先后控制了西域。这时，在西域的鲜卑、柔然、高车、嚈哒等为争夺西域控制权，也相互角逐征战。龟兹处战略要地，所有战乱无不波及该地，因此饱受烽火袭扰，龟兹王白纯为强国之策而推行大乘。前秦建元二十年（384年），前秦皇帝苻坚笃信佛教，仰慕鸠摩罗什之名，令大将吕光率大军前往龟兹，掠鸠摩罗什东归。次年，苻坚被杀，前秦灭亡。吕光携鸠摩罗什进入姑臧（今甘肃武威），建立了后凉政权，鸠摩罗什因此而滞留凉州17年。由于吕光和其继任者均不热衷佛教，也不鼓励鸠摩罗什传教译经，17年里，鸠摩罗什潜心学习和研究汉文典籍，为以后到长安译经做了充分准备。

早在鸠摩罗什出生前，就有龟兹高僧在中原翻译大乘经典多部。曹魏甘露三年（258年），龟兹王族沙门帛延到洛阳白马寺译出《无量清净平等觉经》，太康七年（286年）竺法护译出《正法华经》，并得天竺沙门竺力和龟兹居士帛元信的参校。龟兹王室姓“白”或姓“帛”最多，可见大乘佛教对龟兹王族有一定的影响。白姓王族治龟兹近800年。

鸠摩罗什滞凉州，曾遭吕光羞辱。讲到此处，还需回到吕光破龟兹之前。公元351年，氐族苻氏据关中，建国号，都长安，史称前秦。苻坚继位后，国势日强，统一了北方。此时的前秦坐拥北方而求平定南方，西向统一西域。公元376年，因不满龟兹弱小乘强大乘而逃亡的龟兹王弟白震和车师前部王，欲借前秦势力复辟龟兹。他俩作为使者来朝见苻坚。二人禀奏：“西域多产珍奇异宝，请王派兵征伐西域……”苻坚回答说：“国初定，常年征战，于国于民不利，可先派使者前去安抚。”于是命梁熙为持节，驻姑臧。梁熙即遣使赴西域各国，宣传前秦苻坚威德，并以彩缯赐赠诸王，力求恢复中西交通，统一西域。接着，有10国来朝献，此后又有62国遣使贡方物，但其中不见龟兹和焉耆之名。苻坚大怒，认为龟兹、焉耆不来朝贡，是不把前秦放在眼里。这确在苻坚心里播下征讨的种子。前秦建元十九年（383年）九月，苻坚令吕光率兵七万，铁骑五千，以车师前部王弥寘、鄯善王休密驮为向导，进军焉耆、龟兹。临行，苻坚密令吕光破龟兹，获鸠摩罗什即驿马驰送长安。同年十二月，吕光兵马抵焉耆，焉耆王自知不敌，遂率属国请降于吕光。吕光破焉耆惊鸠摩罗什，鸠摩罗什急往龟兹王宫劝龟兹王白纯请降以息战火。但龟兹王白纯不听劝告，并倾其国珍宝求救于猃胡。猃胡20万兵马驰援，被吕光军用“迁营相接阵，为勾锁之法，精骑为游军，弥缝其阙”大败于城西。龟兹王白纯收其财宝弃城而逃。龟兹城破，吕光遂立白震为王。

吕光获鸠摩罗什后，并不班师回秦，却住进龟兹国都三重城的延城王宫。龟兹王宫奢华堪比长安，吕光贪恋酒色淫逸，日夜作乐，醉饮葡萄美酒，赏龟兹宫廷乐舞，转眼一年仍不思归秦。鸠摩罗什力劝吕光应尽快班师返秦。吕光无奈班师，返回途中扎营于一小山下。鸠摩罗什观天象测地形后对吕光说，此地不可留驻，军队应扎营于山坡或山梁顶，吕光不听。是夜，大雨如注，洪水袭来，致千人丧命。鸠摩罗什之智，吕光暗恨于心。

龟兹王白纯，史书对其记载虽只言片语，但已可见其是一位大有作为的一代名王。汉代龟兹还是西域一个小王国，绛宾王之世，汉文化初传西域，“治宫室，作徼道周卫，出入传呼，撞钟鼓，如汉家仪”。汉文化传入龟兹，促进了龟兹文化的长足进步。至白纯王之世，龟兹国势日盛，龟兹之“龙马”始与大宛争骏，龟兹乐舞冠绝西域，盛誉中土。其国都城郭三重，气派雄伟竟然有类长安王宫，焕若神居。人民也很富庶，“胡人奢侈，厚于养生，家有蒲桃酒，或至千斛，经十年不败”。吕光平龟兹还师，“以驼二万余头致外国珍宝及奇伎异戏、殊禽怪兽千有余品，骏马万余匹”。可见魏、晋时期的龟兹无论经济、政治、文化上都取得了飞速发展。至白纯之世，小乘佛教的世代统治导致僧侣权势膨胀，成为制约和干扰龟兹强国的桎梏。因此，推行政治改革，必以宗教改革为先导，抑小乘、倡大乘，则是这一改革的主要内容。鸠摩罗什的选择正是这一社会、经济、文化需要的历史产物。

但龟兹王白纯的改革强国之策为日后前秦灭其国埋下了隐患。龟兹在收到政改强国之效后，又与位于阿姆河的西强猃胡联手，沦焉耆为属国。这时的龟兹势力南扩，沦姑墨（今阿克苏市）、温宿、尉头为藩属，北向直逼楼兰碛西，致鄯善、车师前部等诸邻不安。鸠摩罗什的佛教改宗运动亦引起前秦苻坚的瞩目。337年（前秦建元十三年），苻坚就仰慕地说："朕闻西域有鸠摩罗什，襄阳有沙门释道安，即遣使求之。"后来道安应召而至，而鸠摩罗什仍在龟兹，表明龟兹王白纯拒绝了苻坚的要求。公元378年，白纯向苻坚献汗血马、千里龙驹，前秦皆退不受。加之龟兹称霸西域不利于前秦对西域及丝绸之路的控制，因而苻坚决定剪灭其国。后吕光破龟兹立白震为王，白震遂复崇小乘佛教。

吕光兵破龟兹时，苻坚率军征讨南方，兵败被杀。吕光趁势割据，在姑臧建后凉。杀掉苻坚的姚苌建后秦，都长安。在姑臧，吕光屡屡羞辱鸠摩罗什，强其饮酒纳妾，遭鸠摩罗什坚拒。公元399年，吕光病逝，诸子互相残杀，后秦灭后凉。弘始三年（401年），鸠摩罗什应后秦姚兴之邀赴长安，被拜国师，在逍遥园设译场。

这是中国佛教和佛学历史上的重大事件，被许多学者和高僧大德所津津乐道，著述等身。但在这之前，在漫长的17年的等待中，人们并未在意鸠摩罗什究竟依靠什么来度过空寂孤独的长夜与熙攘热闹的白昼。我们不妨情景再造：因吕光不善佛教，姑臧城内佛寺冷清。而街市依旧繁华，酒肆别院宾客满座。吕光脑满肠肥、胸襟狭窄，多用琐事星象甚至酒色轻侮鸠摩罗什。鸠摩罗什空怀壮志，满腹经纶却无以致用，只能默默承受。鸠摩罗什被掠至姑臧年近42岁，正值壮年，17年后鸠摩罗什便年近一个甲子啊！人生能有几个17年！这17年，在古文献中虽只有寥寥数语，但对人生而言，却是漫长的6205个白昼与黑夜。17年的岁月里，鸠摩罗什经历了怎样的痛苦，我们并未看见也不曾知晓，但我相信，鸠摩罗什曾经历了常人难以承受的痛苦，而这种煎熬他却从不曾向世人道来，因为他笃定信仰。我仿佛又听见鸠摩罗什与他母亲的对话。母亲深知儿子志在东方中土，临赴天竺前对鸠摩罗什说："方等深教，应大阐真丹，传之东土，唯尔之力，但于自身无利，其可如何？"鸠摩罗什坚定地回答："大士之道，利彼忘躯，若必使大化流传，能洗悟朦俗，虽身当炉镬，苦而无恨。”鸠摩罗什当时便知未来的远行对他来说是一次具有非常意义的特别重大的考验，那深藏于未知远方中的凶险也正是他所期待的，而他之所以伟大的原因正在于此。

四

世上的贤哲们，他们选择各种方式度过一生，最终目的并非为了抵达某个现实存在的远方，而是为了向内在的、永无止境的远方苦行。在这场远行中，有人漫游天下，也有人足不出户，蜗居一隅。尽管他们选择不同的生活方式，但他们都到达了自己内心期望的远方。哲学家康德一生足迹未曾越过哥尼斯堡，但创造了后人难以企及的哲学远方。3000多年前西周时的周文王姬昌被囚禁于安阳汤阴县羑里城郊一个不知名的荒野，但他却在困厄中推演周易。在3000多年的历史长河中，《易经》与老庄哲学一直都是东方哲学最高的智慧。而佛祖释迦牟尼与先贤孔子却苦行天下，到达了至今仍惠及人类的深刻睿智的思想远方。自愿经受无数的磨难和痛苦，是因为他们在心里都相信远方、相信信仰。由此可见，远方未必真的就在远方，内心深处的远方也许才是真的远方。

人类之所以区别于其他万物，就因为会思考、有思想。让思想的双翅自由飞翔，一直是人类的梦想。从原点出发，又回到原点。但此原点非彼原点。因此，永远保持在路上的状态，不论你是足不出户，蜗居一隅，还是长路短游，苦行于大地。

弘始三年（401年），鸠摩罗什应后秦姚兴之邀赴长安，被拜国师，在逍遥园设译场。就此，鸠摩罗什率三千弟子，开始了中国历史上空前的译经活动。鸠摩罗什在长达12年的译经活动中共译《法华经》《金刚经》《中论》等74部，392卷，第一次系统而正确地向中原介绍了大乘空宗理论，对六朝时中国佛学的兴盛和以后隋唐佛教诸宗的形成起到首开先河的作用，其影响波及后来的中国思想文化。鸠摩罗什的门徒有“四主”“八俊”“十哲”等，其中对后世影响最大的是道生和僧肇，分别被尊称为“涅槃之圣”和“三论之祖”。

隋唐时期形成的佛教宗派主要有三论宗、天台宗、法相宗、律宗、华严宗、净土宗、禅宗和密宗，其中最具中国特色的宗派是三论宗、天台宗和禅宗。这些宗派中，直接以鸠摩罗什所翻译的经典为主要依据的有三论宗、天台宗和禅宗，其他如净土宗、民间观世音宗和弥勒信仰也以鸠摩罗什所翻译的部分经典为依据。

鸠摩罗什译出的龙树《中论》与《十二门论》《百论》合称三论宗据以立宗的“三论”。中国嘉祥大师吉藏（549—623年）集大成之大乘派三论宗广传于东亚。高句丽因鸠摩罗什所译《成实论》而创立成实宗，又传之新罗和日本。朝鲜和日本因依鸠摩罗什所译《大智度论》《法华经》而相继创立本国的天台宗。把天台宗引进日本的是鉴真，但真正使天台宗流传的是最澄。日本日莲宗创始人日莲把鸠摩罗什所译的《法华经》视为最高信仰和绝对权威。中国隋代天台山国清寺大德高僧智顗（538—597年）为天台宗的集大成者，高句丽、新罗、日本等高僧都曾随其学习并奉其为祖师。禅宗所依据的《金刚经》对越南的无言通禅派也起过相当的作用。

鸠摩罗什不仅是佛经翻译家，更是佛学思想家。其空宗中观思想成熟于龟兹，但在晚年他仍在不断地修正自己的思想和观点，也常有苦闷。《高僧传——鸠摩罗什》云：“什雅好大乘，志存敷广。常叹曰，‘吾若著笔作《大乘阿毗昙》，非迦旃延子比也。今在秦地，深识者寡，折翮于此，将何所论’，乃凄然而止。”可见他的雄心原本是志在追步小乘《阿毗昙》，写一部权威的大乘经论。他又赋诗抒怀：“心山育明德，流薰万由延。哀鸾孤桐上，清音彻九天。”亦乃孤独寂寞之音，反映了其晚年漂泊异乡无人相知的苦闷。尽管如此，那个总向彼岸世界超越的鸠摩罗什毕竟已经“折翮”而下，坠落在坚实、纷扰的此岸世界的土地上了。

五

在佛教文学创作和造像绘画艺术中，鸠摩罗什的译著和思想及文化观，被作为一种思想渊源的精神依据和形式规范，其在漫长的中国文化史中发挥着作用。作为佛学思想载体的佛教艺术作品，其也决定了佛教义理发展的方向，并推动佛教的发展。而佛经中阐发的造像思想，促进了佛教艺术的发展，为雕像的创作提供了丰富多变的素材和艺术内容。如克孜尔石窟中的几个大像窟和涅槃卧佛泥塑像等，都是大乘佛教思想的辉煌再现；而麦积山石窟、敦煌石窟、龙岗石窟那些宏伟精妙和辉煌富丽的佛教艺术雕像无一不是大乘思想世俗化的无价瑰宝。龟兹石窟群的佛教艺术不仅张扬了佛教大乘思想，并将印度和西方艺术精华浓缩于佛窟，使之成为世界文化遗产。

面对着庞大的一直延伸了近10千米的石窟群，那种震古烁今的力量瞬时令人目瞪口呆，千年以前这里真的就像在举行一场盛宴。而今，作为人类文化精华的乐舞、壁画、佛教经典，一股脑地被端出来摆在你面前。

先前离开克孜尔石窟，下山经过鸠摩罗什青铜雕像小广场时，我被鸠摩罗什沉思悟道的神态所吸引。我想探究鸠摩罗什的人生，究竟是什么让他选择了献身佛学，选择皈依佛教作为他的现世和来生？大师鸠摩罗什安坐于莲花座上，面向西方凝神若思，时间仿佛在那一刻凝固。一位伟大的佛学家、思想家和哲学家，在1000多年前，以超凡的勇气和智慧背叛了原先的传统信仰，而成为当时被认作佛教异端的大乘般若空宗的信徒，这种空宗中观思想不仅引领着中国佛教的改革，也深刻地影响了他的僧俗生活及他的一生，虽然他在随后的译经和讲经中略有修正。

“一个率性自若、胸怀远大、坚强坚韧、崇尚自由的人才能成就伟业！”我不由得发出这声感叹。仰望鸠摩罗什大师，我不能深究他面向西方在沉思什么，这都缘于我的愚钝。但我仍被他率直、自由的精神感奋着。龟兹文化的精髓不也贯穿着这种精神么！而正是这种精神才真正造就了艺术之美的力量和魂灵！

仰视着这位伟大而虔诚的传道者，我仿佛又看见有关鸠摩罗什大师年轻和年老的两个场景：一个是1600多年前，温宿大佛寺辩经论坛上那个恃才孤傲、藐视天下，放言“如果有人赢我，就砍下我的脑袋向他道谢！”的豪言凿凿的小乘和尚与鸠摩罗什的致命一辩；另一个是鸠摩罗什弥留之际在长安大寺对众僧说：“我们因佛法相逢，携手共译出佛经300余卷，望所翻译的经典，能够流传于后世，而发扬光大。如今，我在众人面前发诚实之愿——如果我翻译的经典没有错误，愿身体火化后，舌头不会焦烂。”

烈焰中，鸠摩罗什肉身灰飞烟灭，形骸粉碎，牙骨化凝成锥，唯舌不焦，依然如生。其身后留下两座塔（甘肃敦煌白马塔和武威罗什塔）一座寺（陕西户县草堂寺）和佛经74部、392卷，还有绵绵不绝、响彻九霄的清丽之音。

第三章　光耀千秋的龟兹文化

一

2000多年前，当印度阿育王从衣衫整洁、举止高雅的几个前来学习佛学的龟兹僧侣口中得知，在多重大雪山的背后，那个在他的国度之北的漫漫荒漠中有一个著名的佛国龟兹后，惊喜良久。这一历史最终记录于《阿育王息坏目因缘经》里。

而2000多年前的汉武大帝刘彻注定不朽，他的雄才大略使得他的大汉王朝在与匈奴对抗的生死较量中，将目光投向超越中原大地之外更远的未知世界。这是中原第一个雄视西域的帝王，自此开启了中国历史的一个全新时代——将丰满宏阔的西域纳入大汉王朝的统辖之下。

2000多年前张骞肩负历史使命，迎着古道烈风，开通西域，开通了连接中国与世界的古丝绸之路。他历经艰难险阻，两度被匈奴扣押共十余载，仍不忘初心与使命，执着西行。这是一个比远方更遥远的地方——传说中的西域。当他来到由数不胜数的巍峨雪山、宏阔的大漠和草原构成的西域，来到龟兹，看到与中土迥然而异的另一片天地，他的心胸便如大地一般开阔了。从此之后，汉武帝刘彻“斩断匈奴右臂”的霸气战略便围绕西域中心龟兹谋局布阵。公元前60年，西汉政权在乌垒（今轮台县境内）设立了西域都护府，标志着西域正式列入汉朝版图。

龟兹国名最早出现在古印度阿育王朝时期的《阿育王息坏目因缘经》中。数十年后，即汉文帝四年（前176年），匈奴单于冒顿给汉文帝的一封信中说："定楼兰、乌孙、呼揭及其旁二十六国，皆以为匈奴。诸引弓之民，并为一家……"龟兹与乌孙、楼兰为邻，它理应是26个绿洲城邦国之一。此时的龟兹已隶属匈奴右贤王治下。《史记·大宛列传》和《汉书·西域传》列龟兹为西域三十六国之一，由此可以确定的是，早在公元前2世纪初叶，古龟兹国就已存在了。古龟兹国的"国"与现今国家的"国"在含义上完全不同，它属于地方政权。

那时的古龟兹国虽是一个地方政权，但实行的却是具有东方特色的王权制，其政治、经济、文化、人口主要集中在城池之中，自有一套较为完整的政治体系和政权组织形式，既受匈奴影响，更深受汉朝影响。

汉代的龟兹有"户六千九百七十，口八万一千三百一十七，胜兵二万一千七十六人"。这样的人口数量，在2000多年前的西域众多城邦之中显然是十分巨大的，甚至是几个城郭国的总和。并且其军力也十分惊人，如果发生战事，龟兹国征召士兵达2万余人。龟兹的核心地域是今轮台、库车、拜城、新和、沙雅五县市，而在其极盛时势力曾东达今巴音郭楞蒙古族自治州焉耆盆地，西越今阿克苏市、阿瓦提县、温宿县、乌什县、阿合奇县、柯坪县至今巴楚县，南达帕米尔高原。从时间上，龟兹始于汉，终至元明，在古西域延续了千余年。《大唐西域记》称其"东西千余里，南北六百余里"，其实这是虚数，古时地理学欠缺，只能估其大概。若按此地域计算，当时的龟兹东西应一千余千米，南北六百余千米，面积数十万平方千米，横跨南疆开都河、渭干河、阿克苏河和塔里木河四大水系。

西域城郭，以城而立其国。那么位列西域诸国之首的龟兹国国都今在何处呢？《汉书》载：“龟兹国，王治延城。”延城是龟兹国政治、经济、文化中心所在。1958年，我国考古学家对库车皮朗旧城的哈拉墩进行了试掘。著名考古学家黄文弼先生根据出土文物推测，两汉至唐的数百年间，龟兹王城并非固定一处，而是因战争等多种原因而有所迁徙，但大致范围在今沙雅、库车与新和之间。《晋书·四夷传》载，龟兹国“俗有城郭，其城三重”。《梁书》载：“城有三重，外城与长安城等。室屋壮丽，饰以琅玕美玉。”玄奘到龟兹时见到的龟兹王都“焕若神居”。考古发现，在今库车新城与老城间有一段龟兹故城的城墙残迹。黄文弼先生推测，当年的龟兹王城呈扇形，整座城周长约7千米，现存的这段城墙，便是其北城墙。这段已残破不堪的城墙，2000年来一直默立于此，在猎猎汉唐大风中，回忆着往昔曾有的荣耀，感叹着世界风云变幻。

密布的河流、丰饶的土地和丰富的物产，催生了库车绿洲最初的文明星火。叠加其优越的地理位置，为发展经济及兼收并蓄各路优秀文化提供了便利条件，使得绿洲丝绸之路与草原丝绸之路的文化血脉都在这里交织，并使它成为古代丝绸之路的十字路口和西域文明、龟兹文明的发祥地。

最初点燃古代龟兹文明曙光的，是一群头戴尖顶毡帽，身着宽大衣服，脚蹬长靴的古塞人。他们和后来的戎、羌、狄部族渐相同化，逐步形成龟兹人，从而产生了语言文字。语言学家专家在解读古龟兹文时发现，其借助古印度西北地区的文字，有着独特的构词法，它流行于公元7—8世纪，至今已消失1000多年。

“德国吐鲁番探险队在新疆发现的回鹘文《弥勒会见记》终于道开鸿蒙，揭开了这个谜。”

据《弥勒会见记》书前题记，这部戏剧文学作品是一位龟兹法师从吐火罗语剧本翻译而来。德国学者缪勒认为吐火罗语就是塔里木盆地发现的未名语言，于是将其命名为吐火罗语。古代吐火罗语可分为A、B两种方言：吐火罗A方言流行于焉耆、吐鲁番两地，吐火罗B方言流行于库车绿洲，主要用来书写各种佛教典籍，所以有学者称其为龟兹语。

强大繁盛的中原王朝始终是西域众多城邦慕名向往的开化之地。无论是月氏人、疏勒人，还是焉耆人、于阗人，他们冲破氏族和文化的藩篱，纷纷派遣使者前往中原学习制度与礼仪。而龟兹在汉末统一西域前，就与中原中央王朝保持着密切往来，从中原地区学习先进的制度和文化。在尘封的历史中，有一个重大的历史事件重写了龟兹的历史，并将汉朝的文化、制度、礼仪连同汉人血脉熔铸龟兹，形成独具特色的龟兹文化。

公元前71年，龟兹王绛宾完美演绎了向汉朝求婚的故事。和亲乌孙的汉解忧公主有一个女儿，名为弟史，仪容端庄，聪明美丽。其去往长安学习鼓琴时，路经龟兹，被绛宾挽留。热血多情的绛宾王不仅深解男女风情，更对汉匈博弈中的生存之道谙熟于心。示好于汉，与汉王朝结亲，不仅可借助大汉威势极大地提升龟兹在西域诸城邦中的地位和影响力，还能更好更快地将大汉先进的政治经济制度及优秀文化吸收融合，迅速提升龟兹国力。他积极派使者前往乌孙提亲，同时百般讨好弟史。解忧公主只得同意，并上书汉宣帝征得应允，最终绛宾抱得美人归。绛宾很快上书汉宣帝，说是自己娶了汉朝外孙女，请求允许他携妻子入朝觐见汉皇帝，汉宣帝即下诏同意。公元前65年，绛宾夫妻二人踏上了长安的土地。一年后，绛宾手捧汉宣帝颁赐的印绶与被封为汉公主的弟史返回龟兹。他回到龟兹后便力排众议，进行大刀阔斧的改革，“乐汉衣服制度，归其园，治宫室，作檄道周卫，出入传呼，撞钟鼓，如汉家仪”。

绛宾与汉和亲的历史背景源于匈奴因内讧而衰退，西域诸地方政权纷纷向汉朝靠拢，示好于汉。自此，丝绸之路重新畅通，商旅又开始相望于道。

二

龟兹文化是个奇迹。一个远离东西方文明中心，地处塔里木盆地腹地的被漫漫黄沙封闭的绿洲，竟然机缘巧合地成为东西文明交汇之地，并且创造出瑰丽神奇的龟兹文化。

龟兹文化的本质是佛教文化，同时，又具有鲜明的龟兹人文特征和古代西域的强烈特色。龟兹文化是世界上唯一交互融合古代汉唐文化、古印度文化、古希腊文化和古波斯文化的文化综合体。因此，用不可思议或文化奇迹这样的词来描述龟兹文化的辉煌是恰当的。

龟兹文化的主要成就是龟兹乐舞和龟兹石窟艺术，当然还有佛教经典、文书、戏剧及民俗节庆文化等。

语言的尽头是音乐。在历史长河中，发生在魏晋南北朝时期的几个重大历史事件成为龟兹乐舞艺术传入中原的推手。前有吕光克龟兹，掳龟兹乐手至凉州，混成西凉乐；后有鲜卑拓跋立北魏，把龟兹乐舞输入中原大地；再有北周皇帝向突厥求亲，突厥将龟兹乐、康国乐和龟兹音乐家苏祇婆等作为嫁妆送给了北周，从此龟兹乐在北周流行。

在这之后的隋唐时期，龟兹乐舞艺术达到鼎盛。龟兹人苏祇婆、白明达两位著名的音乐大师，把龟兹乐传入中原。龟兹乐作为隋唐宫廷九部乐之一，深受中原帝王和广大民众的喜爱。唐朝宫制的10部乐曲中也有龟兹乐。后龟兹乐器、乐曲和舞蹈传到朝鲜、日本、越南、印度、缅甸等国。高丽乐器中的筚篥就是源于龟兹的，在朝鲜至今还在流行，已达千余年。日本乐曲大曲和中曲中的《春莺啭》《感皇恩》《苏莫者》这些乐曲，都源自龟兹乐曲。

龟兹乐舞是龟兹人献给世界的又一个礼物。唐诗是中华民族珍贵的文化遗产之一，而唐诗中恢宏的音乐舞蹈意象大都来自龟兹。翻一下《全唐诗》就知道，李白、杜甫、白居易、元稹等都写过多首与西域乐舞有关的诗。很多名噪诗坛的巨匠争相为西域乐曲作词，使二者相得益彰。我们今天读到的宋词和元曲，最初都是先有曲调，然后按着节拍配词。我们熟知的许多曲调，又大都来自西域，像《苏幕遮》《破阵子》等宋词的曲牌，更是直接来自龟兹。

龟兹舞因何舞动中原，声被西亚、南亚、东欧和东亚？宋代沈辽的《龟兹舞》诗说："龟兹舞、龟兹舞，始自汉时入乐府。"说的是早在西汉起龟兹乐舞就登上了中原舞台，到了唐代，洪亮悦耳、朝气蓬勃、别有韵味的龟兹乐舞几乎风靡中原大地。"逡巡大遍凉州彻，色色龟兹轰录续。""女为胡妇学胡妆，伎进胡音务胡乐。"诗人元稹在其《连昌宫词》《和李校书新题乐府十二首·法曲》中生动地描述了这一盛况空前的景象。其实，代表着自由、开放、创新、乐观向上、振奋人心的精神才是龟兹乐舞征服唐代中原乃至东南亚诸国的本质所在。毋庸置疑的是，龟兹乐舞的传入，推动了中原各民族乐舞的发展，而起到推波助澜作用的则是来自龟兹的音乐家苏祇婆。

史书上明确记载，龟兹乐舞大规模进入中原始于前秦大将吕光于公元383年出征西域，其后带回大批龟兹音乐家，至隋唐，龟兹乐舞在中原盛行之况达到高潮。以龟兹乐舞为代表的西域艺术为中原输入了崭新的艺术成分，成为中世纪中国艺术的重要源流之一。《隋书·音乐志》载："周武帝时，有龟兹人曰苏祇婆，从突厥皇后入国，善胡琵琶。"说的是龟兹音乐家苏祇婆于北周天和三年（568年）周武帝宇文邕娶突厥木杆可汗之女阿史那公主为后时，进入长安。当时的长安城，到处可以看到戴各种假面、身着缀满珠玉的盛装的歌舞伎表演龟兹歌舞戏《苏幕遮》的盛大狂欢场面。与苏祗婆同行的还有龟兹音乐家白明达，其于唐太宗时在太乐署任职，唐高宗时任宫廷首席乐官。龟兹音乐家苏祗婆带来的龟兹乐理“五旦七调”，与中原固有的传统音乐理论相对应，加之宫廷诸多乐部间的交流、融合，形成了中古时期中国音乐一项重要理论成果——俗乐（燕乐）二十八调系统，成为盛唐与两宋有关音乐创作表演实践的重要理念基础，开辟了中国音乐史上一个崭新的纪元，迎来了隋唐文化欣欣向荣的新时代。

公元1903年，日本人大谷光瑞带着一支探险队偷偷溜进位于铜厂河（库车河）龙口两岸山梁上的昭怙厘大寺（现称苏巴什佛寺）。鸠摩罗什和玄奘都曾在该寺讲经。日本人从清晨到傍晚贪婪地挖掘，不放过每一寸土地。突然，有一人惊叫起来，他手中捧着一个圆形的彩漆木盒，盒身四周雕刻着精美的花纹，吹奏乐器的人，戴着面具舞蹈的人，甚至还有一位西方神话中常常出现的带翼天使，这是中国佛教的舍利盒。从这个舍利盒上可以直观地欣赏到庞大的龟兹乐舞盛况，而这种美轮美奂的龟兹乐舞，今天我们在龟兹石窟壁画中也可以看到。

这种艺术所呈现出的神秘是那样强烈地吸引着我们去探究隐藏在它背后的秘密。在那个遥远的时代，汹涌的各大文明如何在塔里木盆地北缘的绿洲交融得如此和谐？它们是如何落地生根，结出如此神奇、甜美的果实的？夹在王国之间，置身于周边数个巨大的政治和文化洪流当中，龟兹，这个脆弱的城邦如何在屡遭战火的劫难中既能拿来几大文明的精华，又能在相当长时间内保持自己文化和宗教的繁荣？龟兹文化呈现出的多元性或被称作混杂性，或许可以从某种角度来解释。龟兹所处的地域和时代，正是这个世界上东西方各民族（种族）迁徙交融最为频繁剧烈的地区和时代，而这种迁徙与交融往往伴随着战争和贸易。不管哪个民族登上龟兹的历史舞台，无不随之将自身的文化带入。在龟兹壁画、龟兹乐舞以及龟兹乐器中，我们可以看到古代波斯、印度、希腊和中国中原地区的文化元素极其活跃地表现在龟兹的舞台上。

东西方文化的交流从来都是双向的。新疆的许多龟兹文化研究学者们认为，今天的人们不难从库车等地龟兹石窟壁画和考古发现的音乐文物中，找到西乐东渐的踪迹。如起源于美索不达米亚的弹弦乐器竖琴，在古代即已传播至尼罗河流域的古埃及和南亚次大陆的印度，进而为西域乃至中原所接受。不过在中国它们经过了汉文化的洗礼，竖琴被叫作箜篌，琉特演化成了“琵琶”和“阮咸”，从其形制、演奏艺术到其音乐，都已融入了汉文化的血液。盛唐时期，上有汉魏雄风，晋隋清骨，又疆域远拓，以博大胸怀，吸纳了西亚、中亚和南亚次大陆音乐文化的精华，是中国古代音乐文化发展的重要历史时期。它成为东至日本、朝鲜，西及西亚、中亚各国仰慕的文化核心。无疑，博大精深的汉音乐文化作为当时的主流文化，对西域音乐文化艺术的发展产生了深远的影响，如笙、筝、腰鼓等典型的汉乐器，人们不难从库车的库木吐拉等佛教石窟壁画上见到它们的形象。

特别有意思的是广泛盛行于中原以及朝鲜、日本的“龙文化”，在龟兹又有新的形态。玄奘《大唐西域记》载：“（龟兹）国东境城北天祠前有大龙池，诸龙易形交合牝马，遂生龙驹。……龙变为人，与诸妇会，生子骁勇，走及奔马。如是渐染，人皆龙种，恃力作威，不恭王命。”这便是龟兹龙马与龙人的传说。无独有偶，在今新和县通古斯巴西古城曾出土一件龙马纹样的艺术陶器（现藏阿克苏博物馆），外壁通饰模制的装饰图案：上下装饰卷草、云纹，中间为马首与肩有双翼的龙身组合而成的龙马造型图案，前蹄奔腾，龙身曲折于云纹之中，线条简洁、疏朗，动感极强。龙马的艺术形象非常夸张，但生动形象。龟兹龙马纹陶器这件造型特殊的艺术作品，是中西文化交流的又一例证。龟兹一如盛唐，如同一个巨大的熔炉，将来自各方的优秀文化融汇后，又神奇地使它们彰显出各自文化的优秀特性，从而使龟兹文化在1000多年时间里保持着卓越的地位，也使得龟兹文化具有特殊的意义——广泛的容纳。这更意味着今天我们研究和探讨龟兹文化的现实意义就在于此——龟兹文化的精髓是对各民族优秀文化的接纳与包容，以及伟大创造精神。龟兹石窟研究院王建林教授说："没有丝绸之路的开通，没有民族精神的大度，没有对异域艺术接纳的勇气，就不可能出现洋溢着蓬勃生命力、闪烁着多元文化光彩的龟兹乐舞和龟兹壁画。"龟兹文化是如此奔放而又纤丽，炽烈而又娇媚，它淋漓尽致地表现了那个时代的强烈印迹——龟兹王国开明开放开拓、朝气蓬勃的人文精神。

传统是一条河，虽然，哀恸有时，跳舞有时，曾经显赫的城邦消失了，歌舞停止了，曾经在龟兹盛行的佛教以及相伴的龟兹文化也在后来的宗教战争中逐渐湮灭。"但龟兹乐舞的灵魂并未泯灭，它就飘荡在当今维吾尔传统歌舞《十二木卡姆》中。欢快、热烈是40年前我第一次在库车听到木卡姆时最先在脑海里闪现的字眼……"这是已故中国传统音乐学会副会长、新疆艺术研究所所长周吉先生的论断。在龟兹故地随处可以看到家庭乐器作坊和歌舞艺人。新和县加依村是闻名新疆的乐器制作村，该村80%以上的村民会制作乐器。走进村子，我与新和县文化专家刘金明先生等数人，在每一家门口驻足聆听。乐声透过门缝震动耳膜，让人在曼妙的乐曲中浑然忘记时间的存在，恍惚以为自己身在汉唐。推开一扇大门，一张花毯上散落着的是一些桑木和简单的工具。"你弹的是什么乐器？什么曲子？"张志雄先生问道。刘金明先生翻译。两个维吾尔族男人停下演奏，笑着迎上来。"他叫买买提·吐米尔，弹的是都塔尔。我叫吾守尔·苏来曼，弹的是弹拨尔。我们合奏的是达吾提·纳赛尔的歌。"弹拨尔、都塔尔、艾捷克这些在龟兹石窟壁画中可以找到原型的乐器，从这里被匠人们制造出来，卖到喀什、乌鲁木齐、北京和中亚的许多国家。如今加依村的乐器制作已成为新疆非物质文化遗产，受到新和县政府的保护。政府已拨专款修建了加依村民族乐器制作传承中心，收藏并展示维吾尔族数十种古典乐器。在阿瓦提县，刀郎乐器包括刀郎卡龙琴、刀郎热瓦普、刀郎艾捷克等，制作这些乐器的家庭作坊同样比比皆是。

热烈欢快的现代维吾尔歌舞中仍可以看到那种在唐诗中描写的胡旋舞中飞速旋转的舞蹈动作，充满着原始古朴而自然纯真的美。我们今天站在龟兹石窟壁画前，瞻仰着这些精美绝伦的壁画中描绘的乐舞和古代乐器，回溯漫漫丝绸之路，更觉古代龟兹似一颗明珠，在这条古道上熠熠生辉。绵延千年而又遒劲沉雄的龟兹文化所形成的那种多元、多维、多层次的文化积淀所透射出的深邃的人文精神，不仅影响了西域以及西向的丝绸之路沿线许多民族和地区，更影响了中原大地及周边国家和地区，包括日本、韩国、朝鲜及东南亚地区。更重要的是其所蕴含的包容、融合和伟大创造精神，是人类文明中弥足珍贵的财富。

第四章　古道沧桑

古代丝绸之路是人类历史上文明交流交融最耀眼的舞台，它将亚欧大陆连通，并将东西方文明的交流推向巅峰，促进了人类社会进步。来自东西方的各色人种组成的庞大商队以及探险家、文化学者和充满血腥的军队为着各自公开的或隐秘的目的，络绎不绝，穿行于秘藏天山或帕米尔天堑的数条古道，留下了无数的故事与传奇。随着当代高效便捷的立体交通网络的形成，这些沟通亚欧经济与文化的隐秘古道便日渐式微。然而地处丝绸之路中道与北道交会核心的塔里木盆地北缘龟兹故地的阿克苏地区，至今仍流传着关于天山古道的撼人心魄的传奇故事。这些秘藏的古道亦是我们追溯历史、展望未来的时空隧道和穿越之门。

一、夕阳下的弓月古道

从西汉至大唐鼎盛时期的近千年里，居住在天山北部今伊犁草原的匈奴、乌孙、突厥部落，从未间断穿越天山群峰来使通商或袭击姑墨或龟兹，而汉、唐大军控制天山以北、阿尔泰山以东广袤草原及护佑北庭都护府的多次伟大战役也走的是同一条道路——弓月古道。它南起天山雪莲峰脚下的温宿破城子，沿木扎特河谷北上，翻越木扎特河源冰川达坂，穿过天山汗腾格里峰下伊犁昭苏的夏塔牧场，到达汉唐时的弓月古城（今伊宁市北）。夏塔，蒙古语为“沙国”，意为“阶梯”。其语意表示翻越木扎特冰川犹如攀爬天梯一般危险，也明示弓月古道中木扎特冰川达坂的险峻。这是一条沟通天山南北——阿克苏绿洲和伊犁河谷的捷径，作为当时丝绸之路上相当繁荣的“南北横行道”，在丝绸之路的发展史上发挥过重要作用。

公元前129年前后，汉使张骞逃离漠北匈奴南下奔往大月氏途中就横穿此道。张骞凿空，丝路始通。大汉初年，国力较弱，迫于匈奴袭扰，为使边境安定，汉王朝采取“和亲”政策，先有王昭君出塞远嫁匈奴，后有细君公主和解忧公主嫁与乌孙汗王，联合乌孙抗击匈奴。并由此扩展至塔里木盆地城郭国龟兹，将解忧公主之女弟史嫁与龟兹王绛宾。自此龟兹王绛宾便行汉家礼仪，西域龟兹一派大汉气象。弟史嫁龟兹王之前，就是越天山达坂循木扎特河谷往姑墨经龟兹东去大汉，在龟兹被龟兹王绛宾留下，后经大汉皇帝颁诏嫁与绛宾。当时因匈奴阻隔，乌孙与大汉联通必经木扎特古道，经姑墨、龟兹、高昌而往长安。解忧公主陪侍冯嫽夫人曾被汉王朝命为钦差大使，持汉旌节，驾锦车，遍访天山以南城郭诸国。当时她已年过半百，不辞辛苦，翻越雪岭冰川，经木扎特古道，走访了30多个城郭诸国，使汉朝恩仪广布大小绿洲。她的出访对于增进城郭诸国对汉朝的了解，驱逐匈奴势力，促进西域都护府的建立都起到了推动作用。解忧公主及冯嫽夫人等的努力，促使乌孙、龟兹等西域诸王国归顺汉朝，与大汉王朝合击匈奴，致其灭亡，而西域就此归于中国版图。

唐初，突厥汗国崛起，对外征战不息，内部上层争夺汗位，内乱不止，后分裂为东、西突厥。公元648年，西突厥汗国叶护阿史那贺鲁迫于外敌内患，归顺唐王朝，参加大唐征讨龟兹之战。龟兹平，阿史那贺鲁被大唐皇帝封为瑶池都督并左骁卫大将军。然而，唐太宗李世民去世后，阿史那贺鲁乘机西扩，占领了乙毗射匮可汗领地，建牙帐于弓月（伊犁九城之一），自号沙钵罗可汗，统突厥十姓之众，公开反叛大唐，并攻占西、庭二州，胡刀直逼河西。公元651年，唐王朝任命梁建方、契苾何力为弓月道行军总管，率府兵3万和回纥5万骑出征平叛，破西突厥处月部。公元657年，伊犁道行军大总管苏定方率唐军及回纥军大败阿史那贺鲁，在石国（今乌兹别克斯坦塔什干一带）将其俘获，所属部众归于安西都护府。公元659年阿史那贺鲁卒于长安，西突厥灭亡。

唐安史之乱后，中央王廷失去了对西域的控制权，弓月古道随即陷入沉寂。直到1000年后，清廷平定噶尔丹叛乱，弓月古道才再次发挥作用而彪炳史册。清中期，准噶尔部噶尔丹叛军与清王朝的最后一战，噶尔丹以胜则王、败则寇，北疆不保则翻达坂跑南疆为战略，在这条古道上下赌注。最终，噶尔丹经夏塔翻过了冰达坂到达南疆，他的继任者达瓦齐被俘于南疆重镇乌什，就此准噶尔的反叛完结。

近代沙俄侵占伊犁，为收复伊犁，曾纪泽受命与沙俄谈判，而他谈判的重要筹码就是左宗棠在木扎特古道天山南侧的阿克苏屯有重兵，如有不测，大军即刻翻越天山直达伊犁。1826年7月，张格尔叛军攻占柯尔坪后企图强渡浑巴什河，攻占阿克苏。清政府调集的陕甘、山东和伊犁兵马3.6万余，运粮及运军械的驴马驼万匹，通过此道抵达阿克苏，大败张格尔叛军于浑巴什河和柯尔坪。12月，清军攻占喀什噶尔，生擒张格尔并将其押解京城处斩。为保证古道畅通，清政府还在此设置70户人家，负责开凿冰梯。

还有后来成为芬兰国家元帅、总统的马达汉，他于1907年也曾考察过这条古道。他用15天时间，行程近200千米，从阿克苏出发翻过天山到达伊犁昭苏。他在日记中详细描述了木扎特冰川的恐怖："当地政府夜以继日地用斧头在冰上砍出台阶，以便让人和牲畜安全通过。两边的冰裂缝里躺着一些马和驴子的尸骨，走一天下来，能看见30多具，使人感到在这条艰险的路途上，不知有多少人走上了不归路，因为这里曾经有过一次暴风雪把63人埋在了雪里面的惨剧。踏上这条凶险之路的人们都是去伊犁草原谋生的穷苦人。"清乾隆二十五年（1760年）和乾隆二十六年（1761年）喀什、阿克苏三批移民千余户、数千人赴伊犁屯田，当时及后来的移民走的就是这条险道。大批移民使伊犁河谷繁华富裕甲北疆，其产出粮财供给了驻北疆之清军。这些移民被称为"塔兰其"，意为"会种田的人"。民国时，塔兰其被识别为一个民族，中华人民共和国成立后统归为维吾尔族。

20世纪80年代后，探险者络绎不绝于古道，它的艰险与美景吸引着海内外的旅游者。

天山最高山峰托木尔峰与其周边耸立入云的数十座冰峰及峡谷、河流、湿地构成了气势宏大、景色瑰丽的世界自然遗产。而木扎特古道亦是丝绸之路世界文化遗产的重要组成部分。木扎特河谷自河口开始，便十分开阔，最宽处约3000~5000米，越东凌玉采矿区便开始狭窄起来。但见两岸冰峰耸立，河流湍急。至木扎特冰川处则海拔逾5000米，寒风凛冽，若刀似剑。木扎特河中段宽阔的河谷中生长着由松树、天山桦树、山柳、山白杨等阔叶乔木和常青松柏及灌木组成的大片混交林。铁青色的花岗岩和斑驳的大理岩构成陡峭的山壁立于河的两岸。在木扎特河谷入口，随处可见一道道巨大的冰碛垄及形态奇峻的冰砾石。一座规模较大的古城蹲守在汹涌澎湃的木扎特河的西岸，残破墙垣横对着谷口，陡直下切的河床几乎被湍急的河水填满，岸边一条极窄的羊道上常常挤满被牧羊人驱赶向谷内奔跑的羊群。顺着木扎特河西岸向北行，愈往深处，风景愈美。瀑布遥挂天际，蓝天下的雪峰巍峨耸立，墨绿色的塔松及天山云杉林密布山的阴坡。河水随山谷地势时而平缓时而湍急，遇到河床里拱起的岩石，便溅起层层雪白的浪花。远处的河谷草原牛羊藏匿其中，时隐时现。曾有人说："木扎特—夏塔一线的天山，确是这个地球上最美的地带。"

2008年仲夏，我与温宿县旅游局数人乘坐两辆越野车顺木扎特河谷西岸的简易公路及牧道溯木扎特河谷北上探察古道。在这之前也曾因峡谷矿产开发事宜数次行走于古道，这次探察却为发展旅游业而行。本想攀登冰川前端，但因装备不足特别是缺少海事卫星电话，而最终止步于木扎特冰川冰舌前端溪流乱突的地方。再往前，站在西岸高处，可望见冰川前端有幽蓝的如糖葫芦般串连的冰泊，往下便是溶水浊流分成凌乱的数股急速下泻入略显狭窄的河床。试着涉水，在踏入水中的瞬间寒冷直逼骨髓，且身体在湍流中难以稳住。而这时过往的那些或悲壮或悲惨或悲哀的永久遗留在木扎特冰川酷寒中的传说和故事所传递的恐惧使我战栗不已，理智与冷静抑制了热血冲动。探险需要的不仅是勇气和胆魄，更需要智慧与沉稳，以及给你安全保障的体系，包括科学先进的户外装备。

远眺闪烁银光的冰川，耳闻奔流不息的木扎特河的涛声，看夕阳将燃烧的余晖化成浓烈辉煌的金色遍染峻峭的山峰。面对此情此景，恍然出世一般，心境豁然开朗，而身后开阔的河谷便是入世的大门。

此时，我的眼前——木扎特冰川下乱石飞云中蓦然幻化出身着各色服饰，面容苍白，步履踉跄却又坚定向前的古代探险者、朝圣者、商人、信使和赴任官员等，他们组成的队伍在山谷中时隐时现。间或有军旗飘荡在夕阳血色的余晖中，刀剑铿锵，鼓角沉雄，出征的兵士神色疲倦却坚毅坚忍，生死不惧！他们踏碎冰雪，决心化为铁流越过冰川隘口，直泻敌营。

古道穿越历史，历史是血色的。

在返回途中，几乎陡直俯冲的下山路令越野车飞一般绝尘而去。我突然想起一些探险类文章说穆素尔岭即《大唐西域记》中所载的“凌山”，玄奘曾有行走木扎特古道翻越凌山而往素叶城（碎叶城）的传奇经历。这显然有误，应予以勘误。经参阅文献与考证长安—天山廊道的路网世界文化遗产申请资料可知，玄奘在《大唐西域记》中所载“凌山”其实是指托木尔峰西侧之古温宿国与尉头国之间西北之拔达岭，即海拔4284米的乌什别迭里雪山达坂。而木扎特古道则位于今温宿县城东北约70千米处的破城子山口，两地一东一西，相距200余千米。今温宿县是古姑墨国故地，而今乌什县城及别迭里在汉唐时属温宿国境。因此，按《大唐西域记》载，玄奘经屈支国（今库车）至跋禄迦国（又名姑墨，今阿克苏市、温宿县大部），西北行三百里，度石碛，越凌山，至大清池、素叶城的记述，与现实地理相符。

玄奘西行路线是过玉门关，经伊吾、高昌、阿耆尼国（焉耆）、屈支国、跋禄迦国，西北行三百里至凌山，经七昼夜翻越险峻的冰山，途中从高昌所带徒弟死两人，兵卒冻毙十之三四，经原乌孙王都赤谷城（今吉尔吉斯斯坦纳伦州）至大清池（今吉尔吉斯斯坦西北伊塞克湖，亦称热海），沿湖西北行五百里，至素叶城，再西行经怛罗斯城（今哈萨克斯坦江布尔城）。尔后玄奘南下穿越中亚草原，过今塔吉克斯坦费尔干纳盆地进入锡尔河与阿姆河之间的大沙漠，再艰难跋涉，经中亚名城今乌兹别克斯坦撒马尔罕城、布哈拉、临近咸海的基华城，至帕米尔高原南侧脚下的沙赫里夏勃兹。翻越帕米尔高原险要隘口铁门关后，其进入今阿富汗北部的昆都士及哈得斯、巴米扬，再翻越大雪山，渡喀布尔河，越黑岭，进入迦毕试国（今阿富汗喀布尔），再东行进入当时北印度境，至阿富汗贾拉拉巴德市。由此之后，玄奘开始求佛的古印度之行。

唐玄奘越凌山至素叶城的这条古道称为热海道或伊克塞大道，是汉唐设于龟兹的都护府控制中亚漠北草原的唯一通道，也是联通丝绸之路中道与草原北道的唯一捷径。玄奘取得真经佛法后返回之路则是就近翻越兴都库什山与帕米尔高原，经瓦罕走廊进入塔里木盆地南侧丝绸之路南道的古疏勒与于阗及楼兰古国。

二、雄壮血性之热海古道

别迭里烽燧历经近2000年的历史烟雨，默默地屹立在别迭里山口而不为世人所知。直到2000年，中国长城学会、中华全国集邮联合会、北京市邮政管理局将别迭里烽燧收入“万里长城百关纪念封”，作为中国万里长城西端尾部、古代中国军民保卫边疆的历史见证。从这时起，这座峰燧为世人所瞩目，并由此而吸引更多的历史学家、人文学者研究由它守护的古道。

别迭里烽燧呈梯形，残高7.3米，顶周长14米，底周长25米。它的西侧濒临别迭里河，顺别迭里河深切的峡谷，可达别迭里达坂，直下伊塞克湖与楚河畔的碎叶镇。烽燧建于东汉，夯土筑成。到了唐代，周边用长卵石垒砌加固。《魏书·西域略传》记载：“丝绸之路有三（南北中），中道行至姑墨、温宿、尉头国……”其中的“中道”就是丝绸之路北中两道在阿克苏交会后，又分出两道，一道南下至疏勒，一道北上经姑墨、温宿、尉头国别迭里山口，翻越海拔4200米的冰达坂，直达吉尔吉斯斯坦伊塞克湖，被称为热海道。热海古道是汉朝西域都护府北击匈奴，保障丝路北道（亚欧草原道）畅通的重要关隘及重要通道，也是唐安西大都护府维系位于楚河之畔“安西四镇”之一碎叶镇的捷径，是汉、唐王朝控制中亚草原的重要通道。

最早使用此道的记录见于史册《汉书·张骞传》，当时，张骞携汉武帝国书往乌孙都城赤谷便是北出别迭里古道。而此道用于军事则见于《汉书·陈汤传》。据载，汉元帝建昭三年（前36年），西域都护甘延寿、副校尉陈汤率兵4万余，从姑墨州出发，自北道入赤谷，过乌孙，至阗池，远征迁居康居（今哈萨克斯坦巴尔喀什湖与咸海间）的匈奴郅支单于。时，龟兹王丞德发精锐随行。这是汉朝大军首次超远距离奔袭斩首匈奴首领的经典之战，当时汉军向世界宣示“明犯强汉者，虽远必诛！”的坚定决心，令整个西域震动战栗。汉朝在天山南路乌垒城设置西域都护府，将西域纳入版图，开辟了伟大的丝绸之路，促进了东西方经济文化交流，奠定了今日中国的西部疆域。

汉宣帝时，匈奴内乱，五位单于争位，呼韩邪单于与郅支单于都送儿子到汉朝做人质。尔后呼韩邪单于又亲自入朝称臣，朝见汉元帝。郅支单于认为呼韩邪单于是因为势力败弱而投降汉朝，不能独自返回匈奴，就西进收取右地。正逢汉朝派兵护送呼韩邪单于返回，郅支单于因此竟向西攻破呼揭、坚昆、丁零，兼并三国，并且怨恨汉朝支持呼韩邪单于而不助己，于是便百般刁难羞辱汉朝使臣江乃始等人。初元四年（前45年），郅支单于派遣使者到汉朝进献，借机索求在汉朝做人质的儿子，表示愿意内附汉朝。汉元帝同意放其子回国，特派卫司马谷吉护送。谷吉到后，郅支单于发怒，竟然杀害谷吉等人。郅支单于自知辜负汉朝，且闻呼韩邪单于势力愈加强大，恐遭袭击，于是向西远逃到康居国。

郅支单于为在康居国立足，竟与康居国王互娶对方的女儿，互为翁婿。康居王欲倚仗郅支单于的声威，胁迫各国。郅支单于亦乘机多次借兵进攻乌孙国，竟攻至乌孙都城赤谷城（今吉尔吉斯斯坦伊塞克湖州伊什提克）下，抢掠杀害百姓，驱赶畜产而返，乌孙不敢追赶，因此致乌孙西部空旷，无人区近千里。郅支单于滥杀康居臣民甚至康居王之女共计500余人，并残忍碎尸抛至都赖水（今哈萨克斯坦共和国东部塔拉斯河）中，还派遣使者责令阖苏（奄蔡）、大宛诸国每年进献，诸国不敢违抗，按岁进贡。诸国怨恨郅支单于的残暴恶行，但惧其淫威敢怒而不敢言。

汉朝在汉使谷吉被郅支单于杀害后近10年间，数次用外交文书交涉，妄以怀柔之策降服其部，始终未下决心以战争解决。这也致使郅支单于势力日趋坐大，远控千里，不惧大汉。

正当此时，一代名将陈汤乘势而出。陈汤，字子公，山阳瑕丘（今山东兖州）人，出身贫寒，却自幼喜读书，广闻博记，才华出众，后赴长安求职，得到富平侯张勃的推荐。不料待职期间其父病亡，他因谋取功名心切未回府奔丧，遭官府刑狱，后又有人力荐，授职郎官，为能建功立业数次主动请求出使边塞，经多年拼搏终被提为副校尉，并于建昭三年与西域都护甘延寿同出西域就任。陈汤为人沉勇，善谋略征战，赴任西域间每过城邑山川，常登高望远，观察地形，将西域地理了然于胸，这为他以后征讨匈奴郅支单于奠定基础。

甘、陈二将赴任后立即感到郅支单于在中亚漠北草原势力日增，骄横气嚣，威胁西域，局势严峻，于是陈汤向甘延寿进言道："西域夷狄诸国畏服强权是其本性使然。今郅支单于勾连康居意在并吞乌孙、大宛，如听任其继续坐大，使其得此二国，势必北击伊列（今伊犁九城），西取安息，南排月氏、乌弋山离（古国名，在今阿富汗赫尔曼德河下游尼姆鲁兹），城郭诸国将危在旦夕，数年之后必为西域大患！现北匈奴郅支单于虽然远在康居漠北，但无坚固的城池和强大的城防武备，趁此时机我们召集屯田将兵和西域诸国胡兵长途奔袭，直指敌城，一举剿灭匈奴，你我可成千秋功业！”甘延寿亦以为然，欲奏请朝上。陈汤见状急说：“如将此事奏请，皇上与众大臣商议，事必不从。因远途奔袭这样的奇谋大策是常人所不能理解的，何况公卿大臣们不甚知悉当下西域情势，滥用怀柔之策，必误我大汉！”又说，“西域远距长安，奏章需数月才能送达，届时剿灭匈奴时机尽失！凡成大事者必果决，当断则立断！”甘延寿听完此言犹豫不决。不久甘延寿病卧不起，陈汤以西域都护令调集西域城郭计十五国之兵和车师及龟兹屯田府兵。甘延寿闻之，惊起，欲制止。陈汤按剑大怒，说兵马已号令，势不可当！甘延寿遂同意起兵远征讨伐郅支单于。随后甘、陈上疏自劾奏矫制，并陈言进军情况。

公元前34年秋，陈汤安顿好身体尚未完全复原的都护甘延寿，身披戎装独自登上姑墨石城，站在高耸的碉楼上，远眺那黛青色的跌宕绵延的天山群峰。高耸的铁灰色的山峰如巨大的路标立于北方，它身后那茫茫草原便是大汉威猛之师讨伐匈奴的战场。此时夕阳已没入西方遥远的大漠，秋风劲吹。陈汤突然想到自己的过往人生：年幼时因家贫常借贷度日，偶尔不能及时偿还，便遭乡邻责辱。自己虽好学百家，博闻强记，却不得赏识，只得进京谋职，幸得推荐待职，谁料想又因父亲亡故不能尽孝而错失就职机遇，遭人举报而入刑狱。后幸得贵人再三力荐，才得归仕途，几经拼搏，始得升迁。圣贤言说，天降大任于是人，必经大苦必历三折，方能成就大业。今与甘延寿同出塞，治西域，当是血性男儿应有之责！脚下大地，辽阔无垠，正是驰骋边塞、建功立业的好地方啊！想到此处，顿觉热血奔涌，豪气冲天！

次日曙色将白，甘、陈便号令已调集的四万余汉胡联军兵分六路，即三路从姑墨经疏勒越葱岭至大宛；三路由甘、陈亲自率领，经温宿国，越拔达岭从北道入赤谷，过乌孙，涉康居，临阗池（今伊塞克湖）西，剑指北匈奴郅支单于。六路大军合击北匈奴。这时日益骄横的北匈奴军与康居副将所率数千骑军已兵临乌孙赤谷城下，袭扰乌孙，却不知汉军已至。甘、陈即命龟兹将军丞德率胡兵进击，歼杀数百敌军。随后，甘、陈以康居贵人贝色子为向导，汉军势如破竹，犹如天降神兵突然兵围北匈奴郅支单于都城。郅支单于根本未料汉军远袭，面对突然的大军压境而惊慌失措，自觉命不久矣。汉军先破匈奴土城，再烧两重木城，一举诛杀郅支单于，全胜凯旋。这次远驰3000里讨伐匈奴的正义之役，从开战到大获全胜仅耗时两日。

大胜之后，甘延寿、陈汤上疏汉元帝："臣闻天下之大义，当混为一。昔有唐、虞，今有强汉。匈奴呼韩邪单于已称北藩，唯郅支单于叛逆，未伏其辜，大夏之西，以为强汉不能臣也。郅支单于惨毒行于民，大恶通于天。臣延寿、臣汤将义兵，行天诛，赖陛下神灵，阴阳并应，天气精明，陷阵克敌，斩郅支首及名王以下。宜悬头槁蛮夷邸间，以示万里，明犯强汉者，虽远必诛！"其辞浩然荡气，流芳千古。

公元前35年正月，北匈奴郅支单于的人头被快马送至汉朝都城长安，谷吉等人在九泉下可以瞑目了。而这场征伐之战也永载史册！

汉时，赤谷城为乌孙国都，即今吉尔吉斯斯坦的边境城市伊什提克。汉朝细君、解忧两公主和亲乌孙时便生活在此地。公元628年玄奘率随从30余人、马30余匹途经这里到达碎叶城。玄奘西行取经走过此道时，目睹了热海古道的雄伟和险峻，并在《大唐西域记》中详细记载了凌山冰川的壮美景色。

热海古道从汉一直延续到民国，2000多年来从未间断，是塔里木盆地与中亚漠北草原和欧洲通商的重要口岸和交通要道。中华人民共和国成立后，因多种原因，别迭里口岸关闭至今，再无人全程贯穿古道。隐秘千年的别迭里古道因而知晓者寥寥，这便是各类文章或影视关于丝绸之路中道与北道在何处相连，玄奘从北道（现称中道）越凌山、过乌孙至热海达碎叶城之路线都含混不清的重要原因。阿克苏市距吉尔吉斯斯坦首都比什凯克仅500千米，距伊塞克湖不足400千米，经别迭里古道是捷径。若是经木扎特—夏塔古道前往昭苏、伊犁，穿越伊犁河谷至巴尔喀什湖，南下过伊塞克湖，最终抵达吉尔吉斯斯坦楚河岸畔的碎叶城即今托克玛克，路程远达近2000千米。此外，玄奘过凌山至碎叶途中并无记述伊犁九城等地情况。20世纪90年代初，阿克苏地区就开始为口岸开放做着种种努力。至2008年，中国政府对开通口岸高度重视，曾多次与吉尔吉斯斯坦政府商谈开放问题，并列入“十三五”口岸建设规划，但由于吉尔吉斯斯坦原因，口岸开放被搁置。1993年夏，阿克苏地区曾组成边贸考察团前往吉尔吉斯斯坦就边贸和别迭里口岸重新开放事宜，以及与阿克苏地区接壤的纳伦州及别迭里口岸吉方城市伊什提克市结为友好地州市进行了考察。此外，关于乌孙都城在何处，汉唐古籍以及近代考古学都已论证为赤谷城，即今吉尔吉斯斯坦伊塞克湖州边境城市伊什提克。

1993年冬，我初去别迭里，陪领导实地踏勘，迫于雪深路险，无果而返。10年后又往古道，虽是初夏，但远望古老的拔达岭积雪依旧，谷中北风如刀，割人肌肤，酷寒难耐。积雪掩映下的古道却又分明响起汉军高亢雄壮的号令与唐军进发中亚草原的马蹄声，如风般迅疾而过。那一刻，我心澎湃。

三、神秘的乌孙古道

在天山南脉的哈尔克他乌山东侧拜城县境内的阿克塔什山的巨大山系中，隐藏着一条鲜为人知的隐秘古道——当地人称“乌孙古道”，又称“黑英山道”。从克孜尔河和台勒维丘克河交汇入渭干河口处的拜城盆地南端往东北方向，沿台勒维丘克河北上，经台勒维丘克河谷，翻越海拔3800~4300米的阿克塔什山口与冰川达坂，绕过名叫大、小阿依库勒的巨大的高山冰湖，穿过高原森林，便可抵达掩藏在阿克塔什狭长谷地中美轮美奂的阿克布拉克草原。再向北行，渡特克斯河，可抵伊犁的特克斯县，这里曾是古代乌孙安居之地。台勒维丘克河发源于阿克塔什山北部冰川，河流出山口处为红砂岩，河口宽约20米，两岸砂岩壁陡形如石门，河水冲出山口后河床扩散，最终汇入渭干河。

东汉永寿四年（158年）七月，龟兹左将军刘平国率领秦人孟伯山等六人在龟兹国北境山崖（今新疆拜城县黑英山乡北部喀拉塔格山麓博孜克日格沟）修筑列亭和关城，为了纪念这一工程竣工在此刻石作诵。

《刘平国治关亭诵》石刻所处的博孜克日格沟口宽不过两丈，两侧山壁陡峭，易守难攻。沿沟谷向北，翻越阿克布拉克达坂，经天堂湖、科克苏河、包扎墩达坂，可抵达今伊犁河流域的特克斯县。这条连通南北疆的捷径，史称乌孙古道，为汉时龟兹等地北通乌孙的必经之地。在这个交通要道修建关亭，既可节制南北疆的往来，也可确保丝绸之路的畅通。

早在刘平国将军治关筑列亭前的西汉时期，这条乌孙通向龟兹的隐秘通道就被使用。《汉书·匈奴传》记载了一段汉乌合击匈奴的历史事件。乌孙王昆弥奏汉宣帝，说乌孙连年屡遭匈奴侵略，他愿意发全国一半精兵——5万人马以讨伐匈奴，希望宣帝能派出军队支援。本始二年（前72年），汉宣帝授御史大夫田广明为祁连将军，率领4万余骑兵，从西河（古代对西北地区黄河的称呼）出发；命度辽将军范明友率领3万骑兵，从张掖出发；命前将军韩增率领3万骑兵，从云中（今内蒙古托克托东北）出发；命蒲类将军赵充国率领3万骑兵，从酒泉出发；命虎牙将军田顺率3万骑兵从五原（今内蒙古包头市）出发。同时派遣校尉常惠出使西域，节制乌孙5万余骑兵经黑英山乌孙古道向匈奴发起攻击，总兵力达20余万之多。匈奴听闻汉乌联合出击，迅速赶着牲畜逃跑了。汉乌合兵共击匈奴之战，是汉朝与西北少数民族共同御敌的一个重要范例，具有十分深远的历史意义。

1996年6月，因工作原因，我跟随由伊犁哈萨克自治州与阿克苏地区及拜城、特克斯两县组成的联合工作队一行数十人骑马前往阿克布拉克，开始我生平少数几次冒险经历中最为艰险的跋涉。在这之前的1986年我曾借调到阿克苏文物管理所工作，参加了全国第二次文物普查（阿克苏地区境内），曾阅读古籍知晓在拜城县北部有条神秘的天山古道，但不知从何而往及古道的真实情况，神往已久却未能亲历。据我所知，文化探秘亲历古道者寥寥无几。这次确是探秘乌孙古道的绝好机会，也是我的幸运。因为我深知如果没有强大的后援及熟知古道地形的向导，单独或几人冒险成行绝无成功可能。我们第一天下午从拜城县城驱车数十千米前往黑英山乡，当晚住在黑英山乡建于20世纪六七十年代的乡政府。第二天凌晨6时许，我们骑马穿过阿克塔什山口，经过刘平国将军治关刻石，然后顺着台勒维丘克河谷，艰难骑行。期间因河两岸地势变化而数十次来回渡河，稍有不慎，便可能命丧河中。由于地势高低悬殊，河水非常湍急，且河床中布满乱石。如果马失前蹄不慎跌倒，那么你在湍急的河水中根本无法站立，必在河中遍布的乱石间碰撞而亡。出发前，向导告知渡河危险，而我们听闻此事后顿觉心惊，骑行渡河战战兢兢，每渡一次，便觉与死神擦肩而过。汹涌的河水漫上马肚，猛烈的冲击力使乘马晃动，骑在马上望着翻滚的河水头晕目眩，惊心动魄！当时是相对枯水季，在河岸上骑行时，可看到时而宽阔的河岸两侧平卧或斜立的白色大理岩，也有整座山崖俱是大理岩，十分壮观。河谷中时有天然混交林郁郁葱葱，愈往北行，骑行愈加吃力。随海拔逐步趋高，景观也逐渐变换，两侧的山峰愈加险峻，有松林在雪峰下茂密分布。

在台勒维丘克河源处便是阿克塔什山北侧冰川，海拔4200~4700米的达坂位于两侧高耸入云的冰峰雪岭之间。我们小心踏着当地牧民凿出的冰梯翻越达坂，而乘马则由经验丰富的牧民牵扶着从冰达坂顶端滑下。人马滑落掀起的阵阵雪浪如云雾翻滚，令人既惊悚又兴奋。在冰达坂可看见两个巨大而幽蓝的高山冰湖，当地牧民称这两个冰湖为“大阿依库勒”和“小阿依库勒”（阿依库勒意为“银色的湖”）。它们东、南、西三面被雪山环抱，北岸则地势平缓。我们沿着湖岸西侧壁立的山崖腰间凿出的仅供单人单骑通过的牧道，牵着马穿过一串山洞，终于抵达地势平缓的湖岸。山腰间的牧道距湖面达数十米，往湖面望去，湖水幽蓝泛黑，深不可测，只觉彻骨寒意从湖水直透肺腑。走过去后，双腿仍战栗不止，口舌俱僵，待半小时后才慢慢缓解。回望冰湖对岸的雪峰下，赫然悬挂着飞流直下数百米的瀑布，恍若仙境一般。瀑布下端临近湖岸处，便是通向悬崖峭壁的艰险牧道。瀑布之水倾泻下来流出水潭后，便杳无踪迹。不见水流，但闻脚下碎石中水流声轰然作响。有许多小溪从三面环围的雪山上急速地冲入湖中，溅起雪白的水花，更加映照出湖水的幽暗。站在湖的北岸，可以看到伸向天际的是高低起伏、线条圆润的高山草原，低矮的耐寒牧草那微黄的绿色一直铺到远处的雪山脚下。骑马绕行湖岸，约一个半小时，可见冰湖之大。

我们一行人时而在谷底时而在壁立的山巅狭窄的羊道上骑行，临山崖一侧的小腿常被岩石划伤或撞成血紫。我在途中翻越另一达坂时曾遇险，因马饥饿吃草，我又急于赶上队伍，于是猛拽缰绳致马恼怒，马低头猛然将我掀落。当时正在一座山坡顶处，我翻滚着摔入一个坑中。待我站起身来环顾四周，发现几米外便是深达数百米的悬崖。倘若无此小坑恐怕命丧此处！我只得让马吃些青草果腹。而这时天色已渐暗，我孤身牵马小心翼翼顺着狭窄的临渊牧道走下达坂。在黑暗的前方有灯火引路，当时我已精疲力竭，幸有同行者前来接应。一行人踉跄前行，终于抵达阿克布拉克。待抵目的地，我浑身骨架仿佛已散，被牧民搀扶下马，虽脚踩坚实的草地，清炖手抓肉香味扑鼻，但古道惊险之余悸犹存。从马背上取下被褥铺在木屋里的木床上，借着昏暗的马灯看见腕表指针已指向夜里12时。原本需要2~3天的路程，硬是让我们缩短为连续骑行16小时，为的是不因途中天气变化而致意外，确保工作任务完成。幸有数十人的后援及支持，使得此行有惊无险。

第二日晨，从原木搭建的木屋中爬起，在屋旁小溪中掬水洗漱后，抬起头来，顿时目瞪口呆：如油画般绝美的风景在眼前展开——宽阔的高山谷地绿草如茵，极目远方，雪峰巍峨耸立而连绵不绝，近处的雪山下，云杉林伸展至草原的边际，有零散的木屋在其间忽隐忽现。

阿克布拉克草原面积有20多万亩，横卧于天山南脉分水岭与北天山之间巨大而狭长的高山谷地之中，因道路难行而罕有人至，其原始壮美才得以保存至今。从这里再骑行5~7天，翻越北天山冰达坂，渡特克斯河，便抵伊犁特克斯大草原。那里曾驰骋着乌孙的骏马，再往西北便是乌孙赤谷城。解忧公主和冯嫽夫人正在乌孙大帐外眺望草原之外的中土大地，那里住着她们的亲人……

而我也在眺望。阿克布拉克——这个大地的神迹是如此令人心醉，它大概就是人们魂牵梦绕的世外天堂吧！

四、漠风古道佑中华

（一）

汉、唐时代的都护府均是代表中央统辖西域的最高军政机关。行政的统治，必须辅以军事力量的威慑。公元648年，唐太宗移安西都护府于龟兹，以郭孝恪为都护，兼统于阗、疏勒、龟兹、碎叶四镇，并留兵镇戍。唐贞观年间，“……岁调山东丁男为戍卒，缯帛为军资，有屯田以资粮粮，牧使以娩羊马。大军万人，小军千人，烽戍逻卒，万里相继，以却于强敌。”四镇的驻兵人数，各时期不尽相同。从中原戍调的正规军一般为二三万人，并领西域地方武装数万。为保障西域安定和丝绸之路畅通，围绕安西都护府这个中心，以四镇为副中心，依据西域地理，以守捉城为单位布兵拱卫。四镇各为一个地区的军事指挥机构。如以于阗镇为中心，东界有兰城、坎城二守捉，西有葱岭守捉，东有且末守捉，西南有皮山守捉。安西都护府至安西四镇均有军事通道相连，形成烽燧、戍堡、守捉及镇密切关联而又强大的军事网络。

守捉与守捉及守捉与镇之间即为军事通道。昆仑山、喀喇昆仑山北麓的军事要道及之间的里程，《新唐书·地理志》引贾耽“从边州入四夷道里”记：“又一路自沙州寿昌县四十里至阳关故城，又西至蒲昌海南岸千里。自蒲昌海南岸西经七屯城，汉伊循城也。又西八十里至石城镇，汉楼兰国也，亦名鄯善。……渡且末河，五百里至播仙镇，故且末城也。……又西经……五百里至于阗东兰城守捉。”最为著名的是安西热海道，“安西（即龟兹安西都护府）西出柘厥关，渡白马河……至拨换城，一曰威戎城，曰姑墨州，南临思浑河。乃西北渡拨换河、中河，距思浑河二十里，至小石城。……又四十里渡拔达岭。……又五十里至顿多城，乌孙所治赤山城也。”又渡雪海，至热海，又西至碎叶城，最后抵达怛罗斯。这是唐安西四镇节度使从西州经龟兹镇，经拨换城、拔达岭至碎叶镇到达怛罗斯的一条军事要道，沿途都驻有大唐正规军队，和天山北路自庭州经伊犁通碎叶至怛罗斯的军事要道相结合而巩固西陲，保障西域的统一和丝绸之路的畅通。657年苏定方平定阿史那贺鲁的叛乱，679年裴行俭平定阿史那都支和李遮匐的叛乱，692年王孝杰击灭吐蕃贵族收复四镇等重要战役的胜利都是利用这些军事要道而取得的。正如张籍《征西将》中所咏：“黄沙北风起，半夜又翻营。战马雪中宿，探人冰上行。深山旗未展，阴碛鼓无声。几道征西将，同收碎叶城。”形象刻画了奔驰于这几条军事通道上的英勇将士为祖国统一而献身的光辉业绩。

汉唐时期天山南北两路的各条古道不仅为各国商人与汉唐中原进行贸易提供了交通便利，同时也使西域各地政令畅通，一统归属。除重大军事行动依托这些通道外，这些古道也是汉唐都护进行布防的要冲。唐时出阳关西行沿昆仑山北麓经于阗、疏勒，翻越军事要道，便是从于阗沿和田河直趋姑墨、拨换城通过塔克拉玛干沙漠最便捷的军事通道。所以吐蕃从于阗出扰北道，总是从于阗顺和田河北上先攻占姑墨，然后再包围龟兹和疏勒镇。由此北出帕米尔，可进击锡尔河、阿姆河地区。这条被称为“姑墨—于阗道”的军事通道在古代时便是著名的玉石之路，亦是游牧古道，至今仍是和田与阿克苏牧民游牧的重要通道。

1949年，解放军第一野战军第一兵团二军五师十五团为平息和田反动势力阴谋叛乱，从阿克苏出发，昼夜奔袭18天，如天兵般神速进驻和田古城，迅疾而从容地将叛乱之火熄灭，保卫了和田地区的和平安定。这是自清代以来首次通过此道的军事用兵。21世纪初，每年在此古道上举办的汽车、摩托车沙漠越野拉力赛，成为著名赛事。在首届赛事中一些车手因多方面原因滞留沙漠，我因在指挥部工作，全程参与了日夜紧急救援，目睹了塔克拉玛干沙漠的神奇宏大与和田河时而潜流时而奔涌的奇观。深夜中的沙漠，万籁俱寂。浩瀚太空，月明星稀，圣洁澄净。激烈的赛事对抗与世间纷扰都已远遁，而身处当下的沙漠，方能感知生命之初的美好。晨起，太阳隐藏在远方的地平线下，但其光辉已将黑夜驱散。天边渐趋明亮，而太阳仍然不动，仿佛在积蓄力量，在耐心等待中。蓦地，太阳愤怒地挣脱大地的束缚而凶猛升腾，瞬时间已悬在胡杨梢头，并用其辉煌如烈火般的光芒迅疾将东方大地上的一切点燃，那种威猛雄壮呈现出的蓬勃气势令人震撼！这是生命的力量啊！

（二）

自汉始，在西域守土卫国壮怀激烈的英雄辈出，耿恭十三士，不为大汉耻，2000年来最为感动！自西汉张骞开通西域，大汉王朝经略西域寸土不让，而匈奴不甘罢休，屡屡侵犯。但汉军神勇，匈奴不敌。汉将陈汤斩杀北匈奴郅支单于后怒吼："明犯强汉者，虽远必诛！"汉匈战争暂休。但至东汉，匈奴卷土重来，西域各城郭诸国也生二心。公元74年，东汉戊己校尉耿恭率军征讨匈奴驻守金蒲城（今新疆吉木萨尔北），与柳中城关宠互为策应，守护天山孔道。公元75年，北匈奴攻陷车师后，将金蒲城围困。此时守城汉军仅一百余人。耿恭命将士将箭矢涂上毒药射杀匈奴，凡中箭者伤口血液如沸水喷涌，匈奴士卒看见后都非常害怕。到了深夜，中了毒箭的匈奴兵鬼哭狼嚎，而耿恭又率兵偷袭劫营，匈奴将士因惧怕而溃败，匈奴头领哀叹道：汉军神勇，真的非常可怕！

但匈奴再次围城，车师国叛变，与匈奴军一起攻城，并切断水源。几个月过去，城中粮尽，汉军将士只得将皮甲和弓弩上用动物筋腱做的弦等一并煮食。守城战士一个个因饥饿而死去，但要塞仍然没有陷落，幸存者宁死不降！

公元75年冬，张掖、酒泉、敦煌三郡及鄯善国军共7000余人从千里之外急驰金蒲城救援。此时，耿恭及兵士仅剩26人，及至返回玉门关时仅余13人！当时驻守玉门关的中郎将郑众见到这13位勇士归来，感动不已，亲自为他们沐浴更衣，并慨然上疏，为13位勇士请功："耿恭以单兵固守孤城，当匈奴之冲，对数万之众，连月逾年，心力困尽，凿山为井，煮弩为粮，出于万死无一生之望。前后杀伤丑虏数千百计，卒全忠勇，不为大汉耻。恭之节义，古今未有，宜蒙显爵，以厉将帅。"耿恭十三士，不为大汉耻，至今令人动容感奋！

（三）

唐代，为了守卫安西四镇及葱岭至咸海和北庭都护府从伊州直至里海的广大区域，必须有烽燧驿传哨所相连的诸条军事大道，一以守卫边防，一以保护商旅。如从北庭都护府直至中亚草原的军事大道是沿着天山北麓西驰，"自庭州西延城西六十里有沙钵城守捉，又有冯洛守捉，……又百里至轮台县，又百五十里至张堡城守捉，……又经黄草泊、大漠、小碛，渡石漆河，逾车岭，至弓月城。过思浑川、蛰失蜜城，渡伊丽河，一名帝帝河，至碎叶界。又西行千里至碎叶城，水皆北流入碛及入夷播海。"这是从天山以北通达碎叶的军事要道。由碎叶以西直至里海的军事要道即从碎叶至怛罗斯、奇姆肯特，再沿锡尔河、咸海以北的草原大道直达里海，既是著名牧道，也是著名的军事要道。在这条东西长达一万多里的军事大道上，大唐设置了严密的军事据点，由此可见唐帝国经略西域的强大军力。

公元741—750年，唐大将高仙芝曾率唐军越拔达岭经碎叶数度征讨平叛，威震西域。公元751年，亦是高仙芝所率唐军与阿拉伯大食军在怛罗斯决战，唐军虽因葛逻禄军叛乱而失利，但数量仅3万余的唐军面对人数倍于己的阿拉伯大军而不惧。时大唐有领先冷兵器时代的先进武备，其中威慑敌军的双刃长柄陌刀尤为锋利，列阵时如墙而进，副将李嗣业尤善使之，“挡嗣业陌刀者，人马俱碎”，恐怖战力可见一斑。怛罗斯一役虽然唐军失败，但使中国造纸术传入阿拉伯。

怛罗斯之战后的天宝十二年（753年），安西副大都护封常清率唐军出瓦罕走廊攻伐克什米尔之吐蕃附属大勃律国，“大破之，受降而还”，证明大唐帝国在西域的实力并未因怛罗斯之役失利而根本动摇。后因安史之乱，西域府兵及番兵除少数将兵留守安西外悉数调往中原平叛，导致西域兵力空虚。公元808年，安西四镇陷于吐蕃。今立于乌什城中燕泉山上由清首任新疆巡抚刘锦棠题写“远迈汉唐”四个遒劲大字的巨大碑石，亦是纪念汉西域都护甘延寿、副将陈汤所率汉军远征匈奴与唐安西节度使高仙芝率唐军平叛西夷的丰功伟绩。

为了保卫大唐神圣疆土，各族人民做出了巨大的贡献。天宝十二年（753年）九月六日所颁《赐突骑施黑姓可汗铁券文》中称：“卿虽拥在沙漠，常捍烟尘。识进退存亡之端，知古今成败之数。久率番部，归化朝廷。兼具凶阙，挫其侵轶。精贯白日，义光青史。绩用累著，嘉尚良深。今授卿特进，册为突骑施可汗。”类似于此为国立功的各族首领将卒真是史不绝书，举不胜举。

755年安史之乱发生后，唐玄宗从西域调征数万名汉蕃精锐入援中原，但安西都护府、四镇节度使及北庭都护府的机构并未撤离西域，仍留后负责西域军政事宜。吐蕃乘机夺取河陇之地，又南下全力攻击安西西镇，留守的少数将兵与吐蕃军的战斗残酷激烈。在吐蕃军攻击安西之前，新领伊西、北庭节度使的杨休明，河西节度使周鼎，西州刺史李秀璋，瓜州刺史张诜等领军固守西陲，以抗戎虏，殁身西域。后又有袁光庭坚守伊州，浴血奋战一年多。吐蕃虽多方诱胁却毫不为动，直至兵尽粮竭，伊州刺史袁光庭遂先杀死妻子，然后自焚而亡。公元781年中原与西域之西州取得联系后始得知实情，朝廷对这些英勇牺牲的烈士予以褒奖，但壮士殉国已有20余年。

李元忠和郭昕（唐大将郭子仪之侄）在孤军无援的困境中仍然高擎大唐大旗，浴血奋战40余年，更是永远值得人们歌颂。大历四年（769年），唐代宗听闻将士们坚守西域的一些事迹后，即下诏《谕安西北庭诸将制》，称："河西节度使周鼎，安西、北庭都护曹令忠、尔朱某等，义烈相感，贯于神明，各受方任，同奖王室。率辛李之将，用甘陈之谋，与羌骑校尉王后君长以下，……逾流沙，跨西海、蒲类，破白山，战争致命，出于万死。……微三臣之力，则度隍逾陇，不复汉有矣。每有使至，说令忠等忧国勤王，诚彻骨髓，朝廷闻之，莫不酸鼻流泪，而况于朕心哉，遐想攸攸，耿叹何已。……每念战守之士，十年不得解甲，白首戍阵，忠劳未报，心之恻怛，不忘终食，要当候大师所指，穷荒荡定，悬爵位以相待，倾库府之所有，以答西州贤士大夫忘身报国之诚！"这里对河西沦陷后周鼎、曹令忠等在河西的英勇战绩的概括表述，足证他们确实是战功赫赫，力挽狂澜。后唐代宗因此为曹令忠赐改姓名李元忠。德宗建中二年（781年）六月诏称："北庭、安西自吐蕃陷河陇，隔绝不通，伊西、北庭节度使李元忠，四镇留后郭昕帅将士闭境拒守，数遣使奉表，皆不达，声问绝者十余年。至是，遣使间道历诸胡自回纥中来，上嘉之。秋，七月，戊午朔，加元忠北庭大都护，赐爵宁塞郡王。以昕为安西大都护、四镇节度使，赐爵武威郡王。将士皆迁七资。"贞元六年

（790年），北庭都护府被吐蕃攻陷，从此，安西阻绝，郭昕率安西将士孤军奋战，坚守龟兹。至808年，吐蕃攻陷龟兹，郭昕与所率安西将士全部战死沙场！读唐史及苏北海先生著述至此，热血于体内奔突，涕泗涌流，汗毛头发皆竖，骨骼咔吧作响，似有跃马飞刀精忠报国铿锵誓言轰于耳畔久久不绝！

第五章　塔克拉玛干故事

一

如果你没有到过沙漠，你就无法真正理解生命；如果你没有深入过沙漠腹地，你就无法真正领会茫茫瀚海的雄浑与壮美。一旦你去过沙漠，你将会不可救药地爱上沙漠，你的梦里会响起悠远的驼铃声……

33万多平方千米的塔克拉玛干大沙漠不仅是中国最大的沙漠，而且是仅次于鲁卜哈利沙漠的世界第二大流动沙漠。浩瀚的沙海一望无际，连绵的沙丘、沙山、沙峰，博大寂静，景色非常壮观。塔克拉玛干沙漠有着最多的沙丘景观，几乎无所不有，变幻莫测。它还是埋葬无数古代文明的墓地。沙漠吞噬了一切，只留下了遥远的记忆、寂寥的回声和无限的遐想……

1895年春，斯文·赫定率领五人探险队，从喀什出发，深入塔克拉玛干腹地，去寻找传说中的达克拉·马康古城。这是名副其实的死亡之旅。23天后，在濒死的阴影下，斯文·赫定抛弃了所有的队员，独自去寻找生的希望。在绝望的尽头，地平线上出现了一道绿色的屏障。他听到鸟的鸣叫声，知道自己得救了。他的眼前出现了一条河——发源于喀喇昆仑山脉由南而北贯通塔克拉玛干的和田河。三个月后，他在过路商人的帮助下，经阿克苏返回了喀什。但他并未止步，又去了和田，酝酿他再次穿越塔克拉玛干的行动。

塔克拉玛干被许多探险家、强盗、朝圣者叫作“死亡之海”，斯文·赫定将它翻译成“进去出不来”，而维吾尔语意为“地下的城市”。塔克拉玛干并非死亡之海，在它的南部，有克里雅河、尼雅河、安迪尔河和和田河，这些河流带来了绿色的生命走廊，从古至今，这些条状绿洲中，生活着勤劳勇敢的人民。这些河流大部分消失于沙漠之中，而和田河最后注入塔里木河，与叶尔羌河一起成为塔里木河的南源支流。

塔里木河是中国最长的内陆河，也是世界著名的河流之一，由发源于天山的阿克苏河，发源于喀喇昆仑山的叶尔羌河和发源于喀喇昆仑山、昆仑山的和田河汇流而成。干流沿塔里木盆地北缘自西向东流，先蜿蜒于塔里木盆地北部，而后折向东南方，东端折向南，穿过塔克拉玛干沙漠东部注入台特马湖。古时，塔里木河也曾经孔雀河注入罗布泊。塔里木河全长2137千米，流域面积102万平方千米，涵盖了塔里木盆地的大部分地区，养育了新疆近二分之一人口，被誉为“生命之河”，南疆人民的“母亲河”。

塔里木河是一条古老的河流，它与黄河、长江以及世界其他著名河流一样古老。“塔里木”一词维吾尔语意为“无缰野马”。千百年来，有关塔里木河的记载有很多。目前所能见到的最早记载见于《山海经》：“河山昆仑，潜行地下，至葱岭山于阗国，复分歧流出，合而东注泑泽，至而复行积石，为中国河。”《汉书·西域传》称，西域“南北有大山，中央有河，……其河有两源，一出葱岭山（今帕米尔高原的叶尔羌河），一出于阗（和田河），于阗在南山下，其河北流，与葱岭河合。东注蒲昌海（今罗布泊）”。北魏郦道元著《水经注·河水》、唐《通典》《新唐书·地理志》、清《钦定皇舆西域图志》《西域水道记》和《清史稿》等对其都有明确、翔实的记载。这些有关塔里木河的典籍文献，记录了塔里木河的历史，也书写了塔里木河辉煌的生命历程。

塔里木河是一条神奇而历经沧桑的河。据典籍文献记载，历史上流入塔里木河的河流众多，主要有阿克苏河、喀什噶尔河、叶尔羌河、克里雅河、尼雅河、渭干河、库车河等。这些河流上游的绿洲面积数千年来随人口增加而扩大，到20世纪初，克里雅河、尼雅河、渭干河、库车河等就已断流。喀什噶尔河在古代就已断流，叶尔羌河在遭遇特大洪水时才可流入塔里木河，而和田河则只有在大洪水期才能补给塔里木河。历史上，塔里木河中上游的沙雅段曾有5次改道，且每次改道都向北移，而北移则意味着更多的绿洲消失。

历史上，塔里木河在尉犁县境内有南北两条河道轮流改道，北道与孔雀河汇流进入罗布泊，南道经铁干里克、阿拉干流入台特马湖。1952年后，塔里木河仍走南道，进入台特马湖，形成现在的下游格局。

2009年夏，我与陈伯勤、游鸿等乘两辆越野车，在一片灿烂的朝霞中驶出沙雅县城，目的地是位于塔里木河南岸近百千米的塔里木河故道，寻访塔里木河的历史印迹。

当时正是塔里木河枯水期，越野车轻松地翻越河岸，顺着干涸的河道驶入渡口。其时，丰水季数千米宽的河床大部裸露，仅有数条浅流，犹如鱼鳞状的湿润河床在阳光下熠熠生辉，它是塔里木河不轻易示人的巨大躯干以及强健的肌肉，一旦水满便似万匹野马奔腾而去。

这是枯水期才有的景象，而在丰水季，只有摆渡船才能渡河。当时尚未建设永久性大桥，只有一座简易的钢箱组桥横跨不足300米宽的河道。我们乘车过河后，越野车疾速地穿越塔南库木盖孜村，沿着已废弃的石油物探队在沙漠中修建的简易公路，向着沙漠深处驶去，那个方向也是著名的沙漠油田——哈得逊油田所在。

经过数小时艰难的沙漠行车，我们进入一片沙丘高大的地带，越野车已不能行驶。站在高高的沙丘之上，向南眺望，高大静寂的沙丘连着更为高大的形如金字塔般的沙山绵延至视野的尽头，前方便是变幻莫测的塔克拉玛干沙漠的腹地。在视线内可隐约看见整片枯死的胡杨影子，而在我们的右侧身后，也遍布枯死的胡杨林。在这中间，干涸的河道留有被洪水冲刷、浸润的痕迹，时而宽阔似无边际，时而狭窄如高速公路。

“前方100千米左右，便是克里雅河的尾闾。”陈伯勤遥指东南方向说。我知道，克里雅河曾是著名的龟兹—于阗古道，在20世纪初还曾与塔里木河绿洲相接，不到百年时间，它竟然断流于沙漠腹地！斯文·赫定曾沿克里雅河来到沙雅。20世纪三四十年代还有和田牧民由克里雅河进入沙雅绿洲放牧。

塔里木河在数千年中游移于这宏远寂寥的两三百千米间的沙漠之中，它的每次改道，都带来了灾难性的后果，许多的富饶绿洲和古代文明被沙漠吞噬，留下无数的叹息和秘密……

在公元前或更早时期，塔里木河上源支流如网交错，基本覆盖塔克拉玛干的绝大部分地区，那时塔里木盆地气候较今湿润，大象、狮子、老虎及孔雀等动物徜徉于这片大地。尔后，各人种、各民族在此汇聚，各种文化在此交融，形成了龟兹文化、于阗文化、小河和楼兰及罗布泊文化。

一条伟大的河流，凝聚并集成了人类的精神——坚强坚韧、博大宽厚以及对大自然的敬畏和不断探索的历久弥新的创造精神。

我常去阿拉尔的塔里木河首座大桥，满怀敬畏瞻仰这条伟大的河流。在丰水季节，塔里木河宽阔、浩渺的河水沉稳地流向远方。静立河畔，耳闻轻涛拍岸，如箜篌之弦悠远空灵，心中常涌苍凉旷远之感。那远逝之水仍将顽强地奔流，从古至今，历经沧桑，却不改初衷，勇往直前而步履铿锵。那些被遗忘、被忽略、被湮灭的古代文明，那些辗转迁徙却坟茔无存的芸芸众生，还有如疾风般掠过荒凉大地的古代骑士，如今安在？宽厚而沉稳的河水曾记录下了什么？流水之下曾隐藏了什么？这种种令我无法释怀而常怀悲怆之情。这就是塔里木河啊！在河之上，常有灵光闪现，恰似沧海桑田和枯荣变换的命运，散发出时明时暗若隐若现的神奇色彩，又仿佛观照出那如烟往事，虽然遥远，但犹在眼前。

二

1896年2月23日，瑞典探险家斯文·赫定刚刚穿越塔克拉玛干沙漠，住宿于塔里木河畔沙雅依盖尔斯街的一家驿站。伴着昏黄的油灯光，他在日记本上写下了这样的文字："……这片地球上幅员最辽阔的陆地所散发出最令人着迷的力量，显然主宰了我往后的生命。"他经历了穿越塔克拉玛干沙漠的艰险苦难，死神曾数次掠过他那微秃的头顶。他来到沙雅，这个位于塔里木河中游的神奇地方——2000年前龟兹文明曾在这片太阳光照最为充足而明亮的地方发出耀眼的光芒。更吸引斯文·赫定目光的还有密布于塔里木河两岸数不清的湖沼丛林里隐藏着的神秘动物——塔里木虎，以及他看到的使他震惊的景象——漫无边际的原始胡杨林。他惊叹在苍凉旷远、环境险恶的大漠里，胡杨依然能生存得如此之美——凄美壮美而成就的生命之美！

胡杨，1.3亿年前遗留至今有"活化石"之称的孑遗植物，它能在零上40摄氏度的高温下娇艳，也能在零下40摄氏度的酷寒中挺拔。它们生长在这个世界上气候环境最恶劣、最残酷的地方，用不屈不挠的身躯阻挡了沙暴对绿洲的侵袭，组成一道雄伟壮阔的绿长城，因此被称为“英雄树”——生而不死一千年，死而不倒一千年，倒而不朽一千年！三千年的不屈生命，亿万年的繁衍历史。

1896年1月14日，斯文·赫定在和田找到了熟知沙漠脾性的莎车人伊斯拉木巴依，以及和田人艾哈买提·买尔甘和他的儿子卡斯木，还有俄国籍探险家克然木江作同行者。他将三位沙漠达人聘为向导，开始了他第二次穿越塔克拉玛干大沙漠的冒险旅程。

2012年8月，我在沙雅县遇见了一位奇人——与左宗棠同样籍贯的湘人王剑波——摄影爱好者及沙漠探险达人。他曾与他的维吾尔族女翻译兼妻子和另一位来自阿克苏的摄影家一起，在塔南徒步旅行12天，对原始胡杨林和原始村落进行了类似斯文·赫定式的考察，其间几番经历生死，数次濒临绝境却终安然无恙。王剑波面黑而身矮，但很健硕，长相普通但慈眉善目，与他的名号实不相符。你一见到他，就感觉他是一个平凡得再平凡不过的容易接近的人。他曾在东北的一所工科大学读科技英语专业，于2006年来到沙雅。在这里，他很快便被塔里木河和数百万亩原始胡杨林以及质朴敦厚却又剽悍热情的沙雅人所吸引，决定不再漂泊而在沙雅定居下来。“其实，我骨子里就是不安分的行者或漂泊的人，与那些在塔里木河两岸原始胡杨林中过着原始古朴生活的罗布人或者叫作刀郎人一样，喜欢自由快乐的生活。”他说，“也许我的血管中流淌着自由的血液，这恐怕也是我一见到塔里木河和胡杨，就像着了魔一样的原因，我爱沙雅、爱胡杨、爱塔里木河。我的一生恐怕离不开它们。”

6年来，他几乎跑遍了沙雅的乡村，甚至是少有人踪的最荒僻的角落。你任何时候看见他，他都是一条牛仔裤一件摄影马甲，永远是一架尼康相机挂在胸前，脸上挂着如胡杨般纯朴的笑容。遇见他并与他交友，是我的福分。他对我讲了沙雅的故事，他的故事，他和他妻子的故事，还有沙雅人以及胡杨的故事……

他首先讲的是瑞典人斯文·赫定在沙雅的故事。

一座被沙漠掩埋的古城的传说，确定了斯文·赫定第二次塔克拉玛干之旅的方向。1896年1月14日，那是一个寒冷而晴朗的早晨，他和3名维吾尔族向导及俄国籍人克然木江一起沿着克里雅河向北，向着沙雅方向，冒着严寒冰冻，跋涉10日，于1月23日黄昏抵达了传说中的塔克拉玛干城。这里在千年前就因流沙侵袭和战争而变成一片废墟，沙漠几乎吞噬了一切。在失望之余，他们发现了沙漠之中耸立的木制立柱和胡杨木板，以及用白色石膏塑就的包括佛祖释迦牟尼和佛门诸神形象的佛寺残墙。这正是人们叫作丹丹乌里克古城的佛寺遗迹。2月初，塔克拉玛干腹地的原始古村落通古斯巴孜特也被发现。是日晚，村民用胡杨木点燃篝火，烤肉在旷野飘香。此后，他们一行继续沿克里雅河北行，期待有新的惊人发现。

2月7日，斯文·赫定来到克里雅河即将消失于沙漠的地方。那几年克里雅河水已流不到塔里木河了。这里是于田与沙雅交界的地名叫作“恰达克”的地方。维吾尔语“恰达克”就是“出问题”或“有麻烦”的意思。这或许向斯文·赫定一行昭示着什么。不知有魏晋的牧人买买提巴依用美味的塔里木羔羊款待了斯文·赫定，并对他说：“我不知外面的巴扎在哪里，我也不知道我属于哪个县管辖，也不知道现在是哪朝哪代，不清楚是谁统治塔里木。”接着，牧人买买提巴依告诉斯文·赫定，三年前，从沙雅塔里木河方向跑来了老虎，还偷吃了他的羊。

此后，斯文·赫定在这片茂密的灌木丛和胡杨林中循着狼、狐狸的踪迹，寻找神秘的塔里木虎。他知道，比他早20年来到沙雅的俄国人普尔热瓦尔斯基看到过胡杨林和灌木丛中隐蔽的塔里木虎。傍晚，他们来到了沙雅一个叫作卡拉达西的地方，遇见了三位沙雅牧民，这一天正好是2月20日。次日，牧民引领他们途经“太阳岛”，来到了塔里木河南岸的盖孜库木渡口。在渡口，3名和田向导骑着骆驼告别了斯文·赫定，踏上返乡的路途。

正值初春，塔里木河冰面开始开裂，斯文·赫定一行冒险滑过冰面，到达了北岸的老其满村。接着他与俄国籍探险家克然木江走进了沙雅，住在依盖尔斯街一家驿站。这家驿站与环塔里木盆地各绿洲的其他驿站并无大的区别，屋墙用木条编制，外涂黄泥，当地人称“笆子墙房”。当时，有“皇帝后花园”之称的沙雅相当繁华，尤其是制铁手工业十分发达，各地商贾络绎不绝。斯文·赫定兴致勃勃地吃了手抓羊肉和手抓饭，采购了沙雅小刀和其他生活日用品及探险必需的羊毛绳、羊毛褡裢，并定制了一双软底牛皮长靴。他打算在沙雅多停留一段时间，进行翔实的考古和动植物调查。

2月24日晨，斯文·赫定心情很好，他步履轻快地来到了沙雅伯克衙门，却遭遇了前所未有的冷遇。时任沙雅伯克的人叫铁木尔。铁木尔是一个性情暴躁却又原则性很强的人。斯文·赫定拜见伯克铁木尔，是想得到在沙雅通行及调查的官方许可。他对伯克铁木尔说：“大人，我随身携带的护照和新疆通行证被和田伯克刘佳德扣留了，仅以刘佳德个人的名义写了一封通行介绍信。您看……”

他边说边将介绍信递给了铁木尔伯克。而此时铁木尔伯克却大发雷霆：“刘佳德与我是一样的级别，他的介绍信在沙雅就是一张废纸！”

斯文·赫定知道此刻遇到了大麻烦。他认了错，交了一个银圆宝的罚款。但铁木尔伯克并未像斯文·赫定想的那样慷慨，仅批准他在沙雅停留3天。这完全打消了斯文·赫定原本打算休整几天后再在沙雅周边荒漠进行田野调查的计划。不得已，他白天在街头品尝了烤鱼和拉面，又购置了一些烟草和干粮，夜晚在驿站客房中回忆整理从和田出发以来40余天的所见所闻和所得。油灯下，成功的喜悦和事与愿违的沮丧，令他百感交集。1896年2月26日，斯文·赫定在沙雅又雇用了一名年轻的向导，沿塔里木河向东南方向出发了。他们在沙雅的现塔里木乡的老虎滩住了一夜，便进入了尉犁境内。

抵达沙雅，标志着斯文·赫定成为第一个成功从南至北穿越塔克拉玛干大沙漠的外国探险家，这在他的探险生涯中画上了一个完美的段落句号，虽然也有遗憾和失落。

“假如，沙雅伯克铁木尔同意斯文·赫定无时间限制地通行沙雅，那么，斯文·赫定或许能看到塔里木虎，并画出素描；或许能找到更多埋藏于塔克拉玛干沙漠中的古城；或许能在他后来写成的《亚洲腹地探险八年》中，有更多的关于沙雅的发现记述；或许……”王剑波凝望着南方，那是克里雅河的方向，也是斯文·赫定来沙雅的方向说道。他的表情看不出是惆怅还是沮丧，抑或是遗憾或庆幸，但他最后的神情告诉我，他心里更多地在思考他自己如何能在今后的生命历程中，用相机镜头和文字去表达出他对沙雅的眷恋和爱，并更好地诠释他对生命的理解。

三

奥普坎在沙雅是一个近乎传说的地方。沙雅塔里木乡往南，途经其格格热木村，步行约10千米的路程，轮渡塔里木河，再沿塔里木河南岸往东行约20千米，在原始胡杨林中有个叫奥普坎的自然村落。

王剑波讲的第二个故事，是关于他自己的故事，是一个他与妻子以及从阿克苏来的一位摄影家一起经历的故事。

相传在清光绪二十六年（1900年），有个口吃者在此割麦，把割麦子“奥玛尔努西”说成“奥普坎”，这个地方因此而得名。这是一个偏僻得几乎与世隔绝的自然村落。“我称它为世外桃源。”王剑波说。找到这个自然村落，要经过层层叠叠的原始胡杨林和极易令人迷路的广袤的红柳林。这里几乎没有路，或几乎到处都是路——厚厚的碱土上布满横七竖八的畜力车辙，以及密织如网的羊道。钻进林中，方向莫辨，而红柳林与他处见到的则不同——高高的枝条密布着红色的花，犹如燃烧的天空……

奥普坎距塔里木河南岸的墩阔坦村直线距离为6000米。塔里木河在这里形成“之”形曲拐。每年春夏，洪水漫过河堤，溢往奥普坎一带，形成河漫滩、湖沼等构成的大片湿地。金色的胡杨倒映水中，澄净的蓝天上有列阵的大雁或天鹅飞过，稍为宽阔的小湖面浮着黑压压的野鸭或其他水禽。被浓密的原始胡杨林和大片湿地包裹着的奥普坎就仿佛是传说中的世外桃源。

“亲历奥普坎是我难忘的历险之一。不是因为它遥远偏僻，路途艰难，而是因为我身怀六甲的妻子也一并随行，如果发生意外则令我遗恨终生！”王剑波说到这里将头轻轻扭了过去，但在那一瞬间，我隐约看见他眼里有泪光闪烁。

“探险或寻访原始居民，你不必带怀孕的妻子，太危险了。”我说。其实我想说的是，你不必自责，因为事情已经过去许久了。我也知道他妻子随行的真实原因——虽然王剑波的英语很好，但维吾尔语较差，而他又停不下来，只有不停地行走去探寻未知的世界，才能使他的内心安宁，他的妻子深知这一点。同时，从阿克苏专程来访的摄影家也需要王剑波陪同，并且，语言不通及路途艰难也平添了些许不安全因素，与其在家担惊受怕，还不如步步相伴。于是，身怀六甲的妻子便成为三人探险采风队员之一并兼翻译。

“在通往奥普坎的途中，又进入了一片原始胡杨林，太多复杂的羊道与畜力车辙交织在一起令我们分不清哪是主路。”王剑波继续说道，“这时，突然从林中驶出一辆小四轮拖拉机，经过攀谈，得知司机是和田人，是奥普坎一家农户的雇工，现正欲返奥普坎。我们喜出望外，便搭上小四轮向奥普坎进发。当时正值炎夏，身怀六甲的妻子坐在灼热的小四轮铁皮车斗里，在九曲十八弯的崎岖的林中碱土路上颠簸，但未听到她的抱怨。你知道当时我心中的滋味吗?!

“奥普坎整洁得令我们吃惊，每个院落都洒水湿地而无尘土，院落之间的小路也整洁如新。四处走动的村民礼貌地相互致礼，谦和友善。这里很少见到外人，因此我们受到许多村民的邀请。我们三人无法拒绝热情的黑嫂帕旦姆的邀请，便进了她家的门。因当时正值肉孜节，房内的土炕桌上摆满了馓子、油饼和干果。不一会儿，黑嫂端来了热气腾腾的手抓羊肉。

“黑嫂帕旦姆是村里有名的能人，操持家务、下田务农，无一不精，性格十分开朗。她主动让我们叫她黑嫂帕旦姆，但她一点都不黑，浅蓝色的眼睛深嵌在白皙的甜杏脸上，头发浅黄，一副典型混血模样。这说明沙雅人既有古龟兹人的血脉，又有刀郎人、罗布人、克里雅人和叶尔羌人的影子。

“当我们和男主人吃完黑嫂帕旦姆端来的手抓饭，天色已暗了下来，村民们围坐在篝火旁，跳起欢快的麦西来普。夜深了，人们渐渐散去，我抬头望着奥普坎深邃的夜空，深蓝色的夜空中繁星闪烁，奥普坎正在静静睡去……

“第二天，我们告别黑嫂帕旦姆一家，离开奥普坎继续向南，去寻访古老的湮没在黄沙之中的古墓地……当我们回首奥普坎时，浓密的胡杨林已阻隔了视线，但我们心里在喊，在沙雅，最美不过奥普坎！”

如今，奥普坎已成为著名的文学艺术家村落，吸引着海内外文学、摄影、美术、音乐、舞蹈等文学艺术工作者、爱好者在这个与塔里木河、与沙漠和胡杨相伴的神秘故园里，在宏阔辽远的寂静中去探寻自然与生命的奥秘，并洞悉我们共同面对的这个纷繁复杂而又充满生机的世界中所隐藏的一切……

四

天上有我的月亮，
沙雅胡杨林是我的故乡。
风吹麦浪起，那是大地的衣裳。
都塔尔上好弦，
美妙的音乐似水流淌……

这是一首流传于沙雅胡杨林中的牧民中的民歌，歌中唱的是一个叫作“月亮湾与太阳岛”的美丽故事。王剑波讲述了这个有关沙雅的民间传说。

1600多年前，沙雅之南的沙漠的尽头是佛国于阗。于阗国里有一个大庄园巴依（地主）。巴依只有一个女儿，名字叫阿依克孜（“月亮女孩”之意）。天生丽质的阿依克孜性格开朗，喜爱骑射，与当时于阗妇人一样“袴衫束带，乘马驰走，与丈夫无异”。她与从沙雅来于阗庄园做长工的昆喀依（“太阳般的男孩”或“阳光男孩”之意）青梅竹马。少年昆喀依长得高大英武，放牧狩猎样样拔尖。他俩日久生情，但遭到巴依棒打鸳鸯，两人亡命私奔，骑马沿克里雅河向北日夜兼程，终于摆脱庄园兵丁的追捕。他俩来到沙雅盖孜库木渡口，泅水渡河。这时，脱缰野马般的大洪水将他俩冲散。洪水将阿依克孜冲到了下游的现沙雅科克却勒——塔里木河北岸。寻不到昆喀依的阿依克孜把最后的伤心泪水化成了一湾美丽的碧池，这就是人称“月亮湾”的地方。

昆喀依则被冲到了塔里木河南岸的一片湖沼中，他爬到高高的胡杨树上呼唤自己的心上人，只有南来北往的大雁鸣叫着飞过寂寥的天空。最后，力竭而亡的昆喀依化作了湖中的小岛，人们称之为“太阳岛”。

如今，在太阳岛上，常常会看到对对情侣或徜徉于胡杨林中，或躺在湖畔草地上，或泛独木舟于湖中。有时猛听到凄美的歌声在远处唱响：

阿依克孜，
阿依克孜，
阿依克孜，你是谁？
为什么总是看不到你的脸庞？
但我知道，
你是我心中最美丽的姑娘！阿依克孜！
阿依克孜，
阿依克孜，你在哪里？
为什么总是得不到你的音讯？
但你知道你的情郎，

昆喀依一直都在思念你
他心爱的姑娘！

这个凄美的故事是王剑波和他妻子在民间挖掘整理的，歌颂坚贞美丽的爱情。爱情这一主题，无论哪个民族都是相通的。我望着王剑波若有所思的面孔，心想，在此时此刻，他莫非也在思念家中的妻子——一位善良而美丽的维吾尔族姑娘。我没问他妻子的名字，但我隐约觉得也叫阿依克孜吧……

当时我们站在太阳岛景区的小码头旁，一条铁船静静地靠在岸边，有几只水鸟在湖面上翻飞。湖水微绿，映照出湖中小岛上胡杨的树影。周围静寂中隐约可闻不知名小鸟的啼鸣，音调婉转如歌，不远处树林中有情侣相拥。于是，我讲了我与太阳岛以及有关月亮湾的故事。

2003年夏，我与当时县旅游局的李局长和托依堡勒迪镇刘书记一起渡过塔里木河，来到叫作盖孜库木的塔南指挥部（托依堡勒迪镇设在塔南的分支机构），然后，驱车前往现在叫作太阳岛的地方，当时大家叫它胡杨岛。我们此行的目的就是对塔里木河南岸的旅游资源开展调查，并意图将条件相对较好的资源进行规划和旅游开发。汽车从塔南指挥部旁的农田小道开过去，经棉田和几小片水洼，约3千米便到了那里。刘书记告诉我说："这里风景很美，平时来这里游玩的多数是当地的青年男女，这里是情侣幽会的地方。"

"你也看到了，这地方资源很好，就是交通差，没有像样的道路是主要问题，而镇里也缺资金。如果地区和县里支持一下，镇上努把力修条路，再将周围建些设施，这里就是一个好的旅游景区，当地农牧民就会受益。"刘书记看着我继续说。

我们站的地方是湖畔隆起的小高地。发大水时，高地边低处的胡杨被淹至树腰，而这里却安然无恙，因此在上面搭了木棚，这也是这个区域唯一的人工设施。

我看着刘书记诚恳而急切的表情，当时就满口答应他给予支持。概算了下，修路大约需30万元，其他设施建设因地施材，花不了多少钱，不要建多了破坏原本的景观。地区旅游开发资金拨20万元，其他所需资金由县和镇自筹解决。“这地方很美，得有个好名字，胡杨岛不行，叫不响。”我说。我记起曾去过哈尔滨松花江畔的太阳岛，当时那里建有许多俄式别墅和疗养院。在20世纪80年代初，一首歌唱红了哈尔滨的太阳岛。“我看就叫太阳岛！一则这名响亮，二则这里太阳光照多且明亮，太阳岛名副其实!”从那时起，太阳岛这名就叫开了。王剑波看着我，想说什么，但终究什么也没有说。我接着讲关于月亮湾的故事。

“月亮湾”地处塔里木河北岸距沙雅县约60千米的塔里木乡。那里的原始胡杨林郁闭度较高，随处可见几人才可环抱的古老胡杨。过去在月亮湾的岛上及湖边胡杨林中野猪成群出没。这里偏僻无电，牧民的生活因缺少娱乐而显得枯燥。改革开放后，牧民生活有了很大改善。当时，一户牧民去城里买了电视机、卫星接收天线和录放机，用小四轮拖拉机发电，在岛上看起了电视。这着实让周边牧民兴奋起来，每晚如约来看电视。一日，电视节目播完后，牧民们起身返家，一转身便惊呆了——身后不远处，蹲立着一排野猪，在静静地“观看”电视，尽管电视机已关，但它们仍不忍离去……“你知道，胡杨林中的野猪异常凶猛，牧民很少与野猪正面接触。但自从野猪像人一样看电视后，牧民与那群野猪的关系发生了微妙的变化——变得自然和谐了。”我讲完这个故事，王剑波忍不住笑了起来。“当然，这与你讲的爱情故事相比，也俗了点，但据说，这是真实发生的事，至今仍在流传，因为故事是贵县旅游局局长前不久给我讲的。”

就要返程了，身后的胡杨静默地站立在苍茫的大地上，它们已经在这个地球上静立亿万年之久。我再次想起人们对胡杨的那句赞美——生而不死一千年，死而不倒一千年，倒而不朽一千年。胡杨，有三千年的生命，亿万年的历史，被人们誉为“英雄树”！而维吾尔语称胡杨“托克拉克”，意为“最美丽的树”。

胡杨，沙漠之灵。因为胡杨，塔克拉玛干不再寂寞。

第六章　峡谷之王谁争雄

一山横亘界南北，万古沉雄塞大荒。

世界上最大的独立纬向山系——天山，是大自然给人类的最神奇的礼物。它在地理上将新疆分割为南、北疆的同时，还将中国西部最美的丹霞地貌奇景和世界罕见的远古岩盐地绝景，呈现于世。在世界自然遗产天山托木尔峰之下绵长、曲折的南天山前山地平线上，分布着绚丽绝伦的丹霞景观和红层峡谷，这非凡的自然天地，记录着沧海桑田的某些细节，展现着自然伟力的造化杰作。

一

当你面对壁立千仞、雄奇险峻的托木尔大峡谷时，倍感惊悚、惊险的同时，你也会极度震惊，因为这是你从未见过的雄浑旷远的大地以及在它之上的奇观——它毫无顾忌地裸露出它前生今世所经历的无数痛苦与巨大伤口造就的赤壁丹崖。千万年来，它固执地守望着银色的雪山和钢青色的大地。

雪山与丹霞这种冰与火的冲撞和缠绵在这里演绎到了极致：赤红色

的群山喷吐着熊熊烈焰，似乎欲烧毁苍穹之下那连绵冷峻的冰峰雪岭。注视这似乎仍然流淌着鲜血的裸露的巨大伤口，第一时间想到的是于千万年前，地火燃烧，岩浆奔涌，地层在隆起撕裂纠缠的痛苦中迸溅出这无畏的壮烈！

在丹霞雄谷中那层层叠叠刀劈斧砍般的绝壁之下，有翠碧的灌木锦鸡儿怒放的花蕊以及各类短命植物掩蔽下蜿蜒曲折的干涸河道；有诡异交错的沟谷和从阴森的深沟中怒而生长、巍然耸立的根根石柱。它荒凉极致而沉雄宏阔，那层层叠叠的褶皱与山骨又像是大地的筋骨，传出来的是来自亿万年大地深处对宇宙、对人间、对万千雪山的深情呼喊。雪山连绵，沟谷纵横、石林峰立，共同编织成一幅幅色彩丰富、肌理清晰的五彩图案。这一切宛若仙境，却又让人毛骨悚然。站在山顶俯瞰远山和脚下的深谷不禁感受到内心的战栗，它赤红美艳至极却又斑驳丰满，恰如那句经典的评价：峡谷的凌厉与凄美，犹如一场大地革命。

2003年初，温宿县传来一个消息，在温宿县天山山区发现了与库车天山神秘大峡谷同类型的红色大峡谷。这个消息是当时温宿县分管旅游工作的副县长告诉我的。他说，遗憾的是不知具体方位。当时我任职于阿克苏地区旅游局，根据领导指示，要求各县市对旅游资源进行深度调查，在这之后便有了这个好消息。我问消息来源，他答说是从石油地调部门传出的，也有说有位随石油地调队采访的自治区某报记者，看见这个大峡谷令人震撼的景观后说给同行的。我说应该立即行动，沿天山调查，重点是山区各牧场及牧业点。不久，接到副县长电话，他在电话那头激动地说："找到了！请你马上过来，我带你去。"

秘藏于天山南脉、托木尔峰自然保护区东侧边缘、木扎特古道西侧群山中的大峡谷被发现的消息，由我在第一时间向地委作了汇报。随后，我陪同北京师范大学社会学博士调研组的12位博士前往大峡谷考察。峡谷外春意盎然，峡谷内寒风料峭，阴坡的雪与冰及层叠的淡雾把赤壁丹崖衬托得更加神秘，远处的山谷间隐约传来似是野兽的吼声。

当时没有公路通往大峡谷，我陪同调研组乘车经温宿县佳木镇，溯台兰河，借博孜墩乡道，在大山口前左侧西向下了公路，沿山前戈壁向西往大峡谷驶去。左侧是钢青色的坦荡戈壁，红柳、白柳、骆驼刺和碱蒿杂乱地铺陈至浑浊的远方，而右侧则是赤红色的大山，一路伸展至托木尔群山之下，绵延数十千米。道路十分坎坷。其实这是牧道，牧民转场时驾高轮马车载着生活必需品顺着山前戈壁经大峡谷而往天山河谷草场。沿路有山前泉水汇成的小块湿地和溪流，我们乘坐越野车经过这些大部还被冰雪覆盖的泉流和水洼湿地时，看见有数只长尾黄羊（学名鹅喉羚）在饮水。我告诉同车的领队教授，长尾黄羊是天山浅山区和戈壁最常见的动物，当然那是在数十年前，而在当下，这种被称作“戈壁精灵”的神奇动物已非常罕见，因此被列为国家二级保护动物。

我们顺着开阔的河道形成的主谷进入峡谷，当层峦叠嶂的赤色山崖扑面而来时，坐在车内后排的领队教授顿时目瞪口呆，甚至屏住了呼吸，未发一言。我知道，他是被眼前的景观震住了。那鲜艳如血而气势磅礴的丹霞赤壁，着实令人吃惊得喘不过气。我想，他一生都忘不了那时那刻吧。

在这之后申报国家地质公园前后，经过地质专家的解惑，我们才大概知晓了大峡谷的前生今世。2600万年前，塔里木盆地的巨型内陆古海（湖泊）在地壳的抬升中，不断形成沉积层。那时古海沉积时，气候时而湿润，时而干旱，形成了红、绿、黄、青的条带状沉积地层。由于湖泊水是在干旱炎热的气候下形成沉积，其中的氧化铁氧化后融入沉积物中，使沉积的地层变为红色。地层在沉积时，湖泊中的淤泥灰质与砂交替重叠沉积，形成了典型的复式韵律层构造，质地软硬相间，彼此重叠，远望像条砖堆积石砌成的万丈城墙。

2600万年中，大峡谷形成了许多令人叹为观止的传神奇景。进入谷中，棕红色的断崖直立两侧，似巨大的城墙，上端犹如人形的石柱成排成群地站立山尖，恰似英雄群雕，英气逼人。左右两侧崖壁上，一层层类似小小钟乳石形状的奇石堆积，犹如成千上万的僧侣从同一个方向缓慢向上行走祈祷。

峡谷主谷入口宽阔，约360米，河床平坦，细沙柔软。河床顺峡谷缓缓升高，间有清泉从时宽时窄的河床涌出流泻。进入谷中，迎面看见巨大的断崖式的红色山峰连绵不绝，疑似身在火星，令人如触电般毛发皆竖，“鬼斧神工！”之叹不禁脱口而出。主谷两侧有8条支谷延伸至群山之中，小支谷约有100多条，风韵各异，五彩斑斓。沿主谷往深处走，距英雄谷约300米远的主谷右侧是幽情谷，谷长约2.7千米，最宽处约20米，最窄处0.4米，是目前已发现的最长的支谷。谷中山峰错落有致，状如雄柱的奇峰连绵不绝。这是一个阳气浩然的雄性世界。

双塔谷口山峰高大雄浑，耸起如斧劈刀削般的千仞绝壁，绝壁上有连片的被风雨侵蚀的大自然浮雕，又神似壁画，或类原始图腾符号，似乎暗喻着什么，极为神秘。步入支谷中段，视野忽然开阔，两侧奇峰突兀，台壁交错，极似残存的古代城堡。支谷上游分布着连绵有致的矮山，其中一座山坡上矗立着一高一低的梯形塔柱，高20~30米，互相守望对视，疑是古代驿路烽燧。在主谷尽头，右侧东向可见层层叠叠、错落有致的根根粗硕的石柱，最为醒目的一根石柱立于浅山崖壁之上，颇似人根，而其下的崖壁呈凹形状，如女阴。阳与阴相对，天然造化。向北，天山主峰托木尔峰及群山雄姿尽收眼中。

在主谷口的左侧，还有一条宽阔峡谷，它的深处却是另一番天地。这里隐藏着世界上罕有的盐丘地貌，属远古泄湖隆起构成的岩盐喀斯特、丹霞、雅丹、次雅丹、盐丘底辟构造。同属红层峡谷地域，拥有两种世界级的独特地质奇观，这是神迹！

在后来被称为英雄谷的谷口前，调研组一行停下车，步行观景。这时，蓦地从远处的山谷间隐约传来似是野兽的吼声。那吼声在峡谷间回荡，悠长神秘中隐藏着某种令人既想逃避又渴望的恐怖……

身处旷野中的我们感到了紧张的气氛。临行前，温宿县的同志说，大峡谷野生动物较多，如北山羊、盘羊和数量较大的黄羊，也有戈壁灰狼出没，有牧民还曾见过狗熊和雪豹。在我们神情严肃、谨言慎行时，突然，从东向的一条支谷中冲出十几只黄羊，从我们身边呼啸而过。“黄羊！”有人喊道。黄羊迅疾的奔跑腾起了阵阵尘土，在恍惚中它们突出的白色臀部一晃即逝。

身形矫捷而皮毛金黄的黄羊的突然现身，着实令我们惊喜不已，也些许缓解了我们的紧张情绪，但大家的目光仍注视着黄羊出现的谷口。黄羊为何惊慌飞奔？是有掠食动物狼或熊抑或是雪豹？这使大家又紧张起来。但自黄羊群迅疾离去后，那谷口便陷入沉寂，无一丝声响，静寂处只闻得自己急促的呼吸。我们既感到庆幸又感到失落……

北师大博士调研组领队教授临别说，大峡谷之行，似在梦境中追寻遥远的从前，又像是追寻人类的未来，使他们经历了一场身心的洗礼！

在接待北师大博士调研组之后，我又连续陪同自治区旅游局领导及河南省一旅游投资商前往大峡谷考察，其中便自然地涉及大峡谷的命名与开发。2004年初，我就大峡谷投资开发与命名之事请示当时的阿克苏地委书记。此前，有大峡谷沿用原名“库都鲁克”的呼声。地委书记说，大峡谷资源罕有，禀赋极高，属国家所有，一是要加强保护，二是必须要由国资开发建设；又说，大峡谷命名是件重要的事，关系一个地区的知名度，名字既要大气，更要体现地理方位。最后他的意见是：建议命名为“天山托木尔大峡谷”。托木尔峰为天山最高峰，是世界知名的地理标志之一，以它之名命名大峡谷，不仅可迅速提升阿克苏地区和大峡谷景区的知名度，还可提高阿克苏地区招商引资的吸引力并促进经济发展。地委书记最后补充道，我们不能轻视旅游工作，一个活力大且知名度高的旅游景区可以成长为一个县乃至一个地区的经济发动机，在国外和国内这样的例子有很多。

天山托木尔大峡谷被发现后，迅速成为中国西部知名度很高的旅游名胜之一。

2006年，世界著名物理学家、诺贝尔奖获得者杨振宁博士携夫人畅览了大峡谷后，赞不绝口。他说：“以前我向美国人推荐中国的黄山，以后我要推荐天山托木尔大峡谷，它可与美国西部的科罗拉多大峡谷相媲美。两者不同的是，科罗拉多大峡谷是从上往下看，而天山托木尔大峡谷是从下往上看，移步换景，天下奇观!”

天山申请世界自然遗产专家组组长、中国科学院新疆生态与地理研究所杨兆萍博士说，天山托木尔大峡谷景观是这个地球上绝无仅有的，它是名副其实的峡谷之王。

二

溯库车河北上，黛青色的天山雪峰与赤红色的巨大山体纠结在一起闯入眼帘。丹霞与雪峰，火与冰的激烈碰撞之景象在奔腾咆哮的库车河水的映衬下，令人极度震撼。只有面对它的此时此刻，才能真切地感受到大自然的伟力——亿万年的精雕细刻和千锤百炼。

红若火焰的一座座似火舌般的山体直插云霄。行走在峡谷中，我们若蝼蚁般渺小。光与影呈现出大自然造就的奇迹，让人叹为观止。视觉盛宴，已呈现千万年，我们感受着大自然的鬼斧神工。

20世纪初一个4月的一天，千百年来隐藏得那样严密，犹如害羞的披戴面纱的美丽姑娘，抑或是不愿以真面目示人的下凡天使的天山库车神秘大峡谷，被附近阿艾乡一位进山谷采药的维吾尔族青年吐地·阿孜揭开了神秘的面纱。那一天，吐地·阿孜进入大峡谷，感到清风幽幽似有声，雾霭袅袅缠山崖，特别是那似有似无的脚步声，惊心动魄，令他毛骨悚然。

当他登上一个山崖半腰时，天空忽然飘来一片云，顿时雷鸣电闪，骤降大雨，谷底流水潺潺，从山谷深处隐约传来好似野兽的吼声。吐地·阿孜顿觉心惊，就在他进退两难时，他发现左侧不远处的峰峦上有一山洞。为避大雨，他迅速向那山洞攀登过去，小心翼翼地侧身向洞口靠近。说来奇怪，当他钻进山洞时，大峡谷顿时雨过天晴，阳光灿烂。吐地·阿孜惊呆了。当灿烂阳光照入洞中，洞壁似有五彩之光射出，他发现这是一个尘封千年的佛窟。

在大峡谷发现佛窟的消息使文物专家学者兴奋不已。洞窟内的壁画精美绝伦，唐风盛势，大气恢宏。专家们惊叹地说，这是整个龟兹地区最完美体现汉传佛教及汉风的石窟，弥足珍贵！由此，这个被命名为“阿艾石窟”的佛窟便名噪西北。

大峡谷的神秘，自此便有了缘由及延伸。峡谷所在的山区内又先后发现屯兵的连体石窟，不禁令人浮想联翩，大峡谷内还隐藏着多少古代秘密和故事！红色的山崖以及曲折幽深的峡谷，令人更觉神秘莫测。

库车大峡谷地处库车河谷，位于距库车约60千米的巨大丹霞群山之中，北出库车，沿盐水沟古道，穿越雀尔塔格山，溯库车河谷而上，直向库车河源——天山大、小龙池和铁力买提达坂，它的北坡山下便是著名的巩乃斯草原。库车河谷全长130余千米，属于天山南脉海拔1500~

3000米的前山区，两侧山体形态和色彩千变万化，雅丹地貌与丹霞地貌交相辉映。库车河在雨水繁多的季节，暴躁异常，河水奔腾，狂泻峡谷。库车河谷性格张扬，山雄峡奇。

大峡谷呈南北走向，谷口处稍弯向东南，末端向东北弯曲，由主谷和7条支谷组成，全长5000余米，谷端至谷口自然落差200~300米，最宽处约53米，最窄处0.4米，仅容一人侧身收胸腹通过。整个峡谷就如一条昂首仰望天山，畅饮库车河水的巨龙，劈山而卧。当地人称其为“克孜利亚”，即“红色的山崖”。

阿艾石窟的发现，为奇异的自然景观赋予了浓厚的文化内涵——神峰神水万景深藏七条支谷，秘洞秘窟圣佛沉隐五里峡谷。

走进大峡谷，两侧山体如斧劈刀削，崖高百米。大峡谷内的一系列奇洞、异石、险峰、冰柱、幽谷和悬崖，形成气势宏大、神秘奇异的地质景观长卷。大峡谷不仅雄奇险峻，而且幽深神秘。夜幕降临时，登上阿艾石窟的顶，如果幸运，你能听到谷底有人跑步的“嚓嚓”声回荡在峡谷，定睛看时，却空无一人。在谷中游走，时而狭窄疑无路，时而宽阔又一村。

2005年，《中国国家地理》杂志将天山库车大峡谷评为“中国最美的十大峡谷”。国家地理杂志编辑杨浪涛在评价天山库车大峡谷时说：“我是一不小心被这种神秘峡谷的惊艳勾魂，陶醉得让我忘了尘世，阴柔中蕴藏着神奇，雄壮中隐含着神秘，大自然鬼斧神工的另类杰作，她浅浅一笑，绝对神迷了，眼中只有红色、红色……”

摄影家宋士敬评价道：“天山库车大峡谷充满了魔幻的色彩，峡谷内有数不清的‘天然雕塑’，这些都是天山的冰雪切割出来的杰作。有的形似执杖老人，有的则像一线天。每当朝夕之际，风起之时，峡谷中光影变幻，其诡异之状不可言。”

著名地理学家尤联元推介天山库车大峡谷的评语为：“这是一处独树一帜的奇异峡谷，组成峡谷区的岩石普遍红褐色，一扫大多数峡谷的阴森之气，而给人以阳刚之美。”

国家地质公园评审专家范晓评介：“塔里木盆地北缘，奔流而下的天山冰雪融水，在新生代的红色砂岩层中，切割雕塑出了诡异神秘的红色大峡谷，展现了大西北另类自然景观的独特吸引力。”

地质学家康育义评介：“峡谷内曲折藏秘，怪石嶙峋，涧流潺湲，风声呼号，具有惊天地泣鬼神的伟岸刚劲壮烈之美！”

我说，这就是神迹——大地给人类的恩赐！

若要硬将这东与西两个峡谷评比出谁是峡谷之王，就景观而言，托木尔大峡谷略胜一筹，而库车大峡谷则在人文历史方面底蕴较为深厚。有人问我，托木尔大峡谷和库车大峡谷虽然同属丹霞红层峡谷，但这两个峡谷之间最大的区别是什么？我回答：有两个显著的区别于对方的特点。一个是，托木尔大峡谷为雄，库车大峡谷为雌，一东一西，雌雄相望，万年绝恋！第二个是，托木尔大峡谷通透而达四方，库车大峡谷包容而多彩。

第七章　万紫千红塔里木

一

《万紫千红塔里木》是一部真实记录新疆兵团第一师（原农一师）二万八千官兵进军塔里木、开发塔里木的报告文学集，由第一师第二任师长林海清所著，再现了这支光荣的铁军从南泥湾到塔里木的光辉历程。

1949年10月8日，中国人民解放军第一野战军第一兵团第二军开始进军南疆。是年11月29日，二军步兵五师进驻阿克苏。而这时，和田发生暴乱，形势紧急。根据命令，12月5日，步兵五师十五团奉命从阿克苏出发，经阿拉尔肖夹克，徒步穿越塔克拉玛干沙漠，经过17天18晚的日夜兼程，于12月22日抵达和田，未发一炮一弹，解放了和田并接管了政权。12月25日，第一野战军司令员彭德怀和政委习仲勋给十五团发来嘉勉电："你们进驻和田，冒天寒地冻，漠原荒野，风餐露宿，创造了史无前例的进军纪录，特向我艰苦奋斗胜利进军的光荣战士致敬！"与此同时，步兵五师十三团大部经木扎特古道，北越天山进军伊犁，成为今天兵团第四师七十二团。从三五九旅分解出来的渤海军区教导旅一部成为现在的兵团第二师。独立骑兵团进驻若羌、且末，独立二团进驻阿勒泰，部分骑兵进驻西藏阿里，与四师、六师一起成为阿里军分区。十三团余部进驻库车、新和和沙雅。十四团进驻温宿和拜城。直属部队进驻阿克苏、乌什、阿瓦提三县。改编后的第五军十三师三十七团进驻柯坪、阿合奇，归步兵五师指挥。1950年初至年底，步兵五师与地方党组织完成了南疆17个县的建党建政和减租减息打击恶霸斗争。从1951年起，步兵五师十四团等部队开进沙井子，开始了“自己动手，丰衣足食”的开发沙井子垦区的战斗。3年后，即兵团成立前的1954年，步兵五师官兵不仅不向国家要军费，保证了1万余名官兵的粮食需要，还向国家上缴公粮1.69万吨。

1958年春，兵团在王震的领导和支持下，组织2.8万名屯垦大军从现在的阿克苏市塔北路出发，沿着多浪河、阿克苏河、塔里木河一直向南，向着塔里木——塔克拉玛干腹地进发。一路上，这支屯垦大军相继开发了胜利六场，胜利七场，八场、九场、十场和新开岭农场，规划了新师部——军垦新城阿拉尔，然后果断地渡过号称“无缰野马”的塔里木河，建设了机关农场以及现在的十一团、十二团、十三团和十四团。当时，通往塔里木方向没有路，大军边筑路边行军边垦田。大军汇成的铁流荡平了无数的沙丘、红柳包和纵横交错的洪沟盐碱滩，把所有试图阻碍大军前进的一切都化作连绵的田畴和高高飘扬的红旗。一座座新式的、不同于以往任何时期的大型现代化农场如神话般出现在这片亘古荒漠上。他们还修筑了一条世界上最独特的路——用各种材料包括各种颜色的盐和碱土以及砂石铺就的公路，战士们亲切地称它是五彩路，因为路是彩色的。这条路起初叫“阿—塔公路”，后来，王震将军将它称作“幸福路”，而阿拉尔则叫作“幸福城”。

1954年，中国人民解放军新疆军区生产建设兵团成立。步兵五师就地集体转业，改编为兵团农业建设第一师，首任师长任晨。1955年，曾任三五九旅七一九团团长和第一野战军第一兵团第二军教导团团长及兵团第十师（原农十师）师长的林海清接任第一师师长。经略西域，巩固边防，关系到新中国政权的稳固。林海清认真研究回顾了中国2000多年的屯垦历史，那风云激荡，壮怀激烈的西域烽火仿佛又呈现在眼前……

二

西汉元凤四年（前77年），负责龟兹地区屯田事务的校尉赖丹突然感到胸部不适，不一会儿剧烈的疼痛迅速放射到背部，当他准备呼叫军医时，疼痛似乎减轻了，尔后很快消失。他没有在意，按计划骑上马，带着卫兵去巡视就近的几个兵屯。虽然他略感不祥，但并未料到后来发生的惨剧。

在龟兹王都里正在酝酿一场阴谋——置赖丹于死地。龟兹贵人姑翼急匆匆赶往王宫，他欲向龟兹王绛宾面陈事关龟兹的大事。姑翼一直对汉朝在龟兹屯田心怀不满，他的内心更向着匈奴单于。而眼下，汉朝不仅在渠犁、轮台驻军，还在沙雅、新和屯田，并委任了打弥国的王子赖丹为校尉，负责龟兹的屯田事务，这对龟兹是潜在的威胁。姑翼深知这是汉朝经营西域的战略。姑翼拜见龟兹王绛宾说，打弥国原是龟兹的属国，现在打弥王子赖丹受命于汉朝在龟兹之腹屯田，是对龟兹的最大威胁，应当立即杀掉赖丹！

龟兹王绛宾即位不久，听了姑翼的话未置可否。当时的龟兹正处在汉朝与匈奴之间政治、军事斗争的中心。如何在匈奴与汉朝之间寻找平衡，并维护自己在西域的地位，龟兹正面临着巨大的挑战。龟兹王绛宾想拖后处理，假以时日，待想出良策后再作打算。

但姑翼虽未听到绛宾王的口谕，却以为绛宾王已经默许。姑翼秘密调动了军队，连夜奔袭赖丹驻地。一场疯狂的杀戮在月明夜朗的深夜中开始了。没有激烈的对抗，赖丹及数百名屯田兵士在数倍于己的军队攻击下，一夜之间悉数被杀。西汉王朝在西域龟兹地区的兵屯暂时中断了，这也意味着西汉及往后的朝代在西域屯田并非一帆风顺，都伴随着血与火的斗争。

6年后即本始三年（前71年），校尉常惠击败乌孙，率领5万大军问罪龟兹为何杀了赖丹。绛宾王认错，亲自缚了姑翼送常惠大营，常惠怒斩姑翼。

秦末汉初，以阴山地区为据的匈奴在北方草原日渐雄强，到公元前209年，匈奴已有控弦之士30余万，东击东胡，击败月氏，南并白羊、楼烦，并吞丁零、乌揭、坚昆，形成漠北草原历史上第一大势力。匈奴为争夺领地，从漠北草原又兵指中原，与汉王朝展开了一场历史上罕见的、持续了300多年的汉匈战争，军事威胁一直从汉文帝持续到汉武帝初年。

汉武帝即位后与匈奴展开了殊死搏斗，分别于公元前127年、公元前121年、公元前119年遣卫青、霍去病三次出击匈奴，沉重打击了匈奴，并使浑邪王4万人归汉。由是河西走廊平定，但匈奴又将战场移至西域。汉王朝制定了“断匈奴右臂”的战略，于是有了张骞凿空，乌孙合亲，夺取车师、楼兰，李广利贰师将军西征讨大宛的四进壮举。然而，李广利前后两次征讨大宛、匈奴的战争致使国力损耗严重，汉武帝此时不但未听取财政大臣桑弘羊的建议——扩大轮台、渠犁等龟兹地区的屯田规模，“蓄积本业，益垦溉田，稍筑列亭，连城以西，以威西国，辅乌孙，为便”，使汉军克服远程补给的困难，全面统一西域，还给自己颁了《罪己诏》，责备自己频繁发动战争，损耗国力。

西域屯田至汉昭帝时又重新开始。公元前60年，西汉在乌垒城设置西域都护府，郑吉首任都护并兼领屯田事务。这标志着汉朝在西域大规模驻兵的开始，屯田也拉开伟大的一幕。

此时郑吉职责发生的变化，即“护鄯善以西使者”“并护北道，故号曰都护”，反映了西汉王朝在龟兹地区轮台、渠犁、龟兹、姑墨、莎车屯田的战略意义。上述地区的屯田不仅为西汉王朝统一西域创造了根据地，而且使该地区成为西汉王朝在西域的统治中心。

自此，从河西走廊通向塔里木盆地，堡垒烽燧布列甚密，大概五里一燧，十里一墩，三十里一堡，百里一塞。2000多年过去了，经过历史风雨洗礼，烽燧依然立于宏阔的西域大地上，犹如沙海中的灯塔，人们可以想象出昔日烽起烟，燧起火，战争风云呼啸而过的壮烈景象。

三

1952年2月，毛泽东主席发布了一道命令：“你们现在可以把战斗的武器保存起来，拿起生产建设的武器。当祖国有事需要召唤你们的时候，我将命令你们重新拿起战斗的武器，捍卫祖国。”号召驻疆部队10万官兵拿起生产武器，就地转业。1954年10月7日，新疆生产建设兵团正式成立，开始了中国历史上最伟大的屯垦戍边事业。

1960年3月21日，王震将军来到了塔里木，他兴致勃勃地视察了一望无际伸展在塔里木大地上的农田，不顾劳顿又看了纺织厂、农业机械厂，慰问了原三五九旅老战士。那天，天气晴朗，寒意尚未退去，但已经能隐约闻到春天的气息。战士们看见了将军，便蜂拥围在将军身旁。将军看到战士们身上的尘土，伸过手去掸。看到许多战士的手上缠满了被鲜血、汗水和泥土污浊的纱布，他知道，眼前的数十万亩良田就是这些战士用砍土曼和柳条筐还有独轮车挖、担、推出来的。

将军面前的战士面色黝黑，面庞瘦削，但精神饱满，带着自信和微笑。将军不由得鼻子发酸，但他还是竭力控制住他认为是脆弱的情绪，心中顿生自豪之气——这就是党指挥的战无不胜的铁军啊！

将军习惯性地挥挥手，说："同志们辛苦啦！"还是浓重的湖南口音，战士们倍感亲切。"塔河五姑娘"也来了，站在将军面前。她们曾在1958年修建塔南总干渠时创造人均每日挖土72立方米的劳动纪录。这需要怎样超乎常人的毅力！

塔里木农垦大学的师生们也来了。这所由将军亲自创建亲自题写校名的大学，1958年10月15日正式揭牌并举行了开学典礼。战士们与将军一起卷莫合烟一起说笑。他们望着将军略显沧桑的面容，感到既心痛，又温暖。战士们请求将军给部队题首诗，将军愉快地答应了。他沉思片刻吟到："生在井冈山，长在南泥湾，转战数万里，屯垦在天山。"

这四句诗真实概括了这支英雄部队的历史：土地革命时，这支部队是贺龙领导指挥的红六军团，与毛泽东、朱德领导的中央红军一起在井冈山革命根据地成为中国革命的"星星之火"。抗日战争时期，红六军团整编为一二〇师三五九旅。在延安革命根据地，遵照毛泽东的指示，王震和三五九旅万名将士在南泥湾开展大生产，"自力更生，丰衣足食"。毛泽东称赞三五九旅是一支能打仗、会生产的部队。

三五九旅历经三次长征。1934年8月7日，红六军团9700余人在王震、萧克等领导下，从江西横石出发之后与红二军团、红三十二军组成红二方面军，继续长征，于同年9月初同红一方面军、红四方面军在甘肃会宁胜利会师进入陕北。

1944年11月10日，王震执行毛泽东的命令，将三五九旅组成"南下支队"。在接受毛泽东、朱德的检阅后，南下支队立即从延安出发，前往湖南、广东、江西创建革命根据地。经过2年的浴血奋战，这支部队多次冲破国民党军的围追堵截，在完成南下任务后，于1946年8月26日胜利返回延安。这就是我军历史上著名的“南下北返”。这次南征被毛泽东称为党历史上的第二次长征。659天，行程2.7万里，孤军转战陕西、山西、河南、湖北、江西、广东等省，浴血奋战大小战役113次。这些数字中包含着怎样的血与火的残酷和视死如归的革命激情啊！

1949年3月中国共产党在西柏坡召开七届二中全会之后，王震将军主动请缨进军新疆。4月21日，毛泽东主席、朱德总司令联名发布《向全国进军的命令》。王震将军指挥的第一野战军一兵团挺进大西北，一兵团二军飞越祁连山，挺进河西走廊，在张掖与六军会合，10月8日进军新疆。一兵团七军挥师进军西南。1950年1月20日，二军、六军相继到达南北疆指定地点，把五星红旗插在了天山南北、阿尔泰山和帕米尔高原。三五九旅进军新疆史称“第三次长征”。

沙井子垦区是二军步兵五师进军阿克苏后，本着不与民争地、不与民争水的原则，马未停，鞍未卸，兵到屯垦始，再续南泥湾的首个垦区。1950年步兵五师十四团近2000名官兵首先开进沙井子，全团官兵把这片亘古荒原搅得天翻地覆，不到3年垦荒数十万亩。

著名作家张者在反映此段历史的长篇小说《老风口》中这样写道：“由于地里不含水分，坎土曼和铁锹甩出扬起一团灰，上万人挥舞坎土曼开荒，那扬起的灰尘可以想见，那真是遮天蔽日呀。当时已是5月天气了，单衣还未发下来，战士们穿的都是棉衣。中午和早晨温差很大，早晨冷，穿着棉衣还可以，到了中午就热得受不了。热也不好意思脱衣服，因为里面什么也没穿。开始大家还讲军容，脱掉棉衣赤膊上阵，后来有人将棉裤也脱去，团长见了表扬说，我们现在就是一穷二白，我们就是要光着身子开发新疆、建设新疆。”

部队战士在第二年还是光着身子开荒，不过多了条红柳裙。这和头一年不太一样。头一年单衣没有发下来，第二年单衣已经发下来了，但是战士们舍不得穿。部队要节约，规定每年两套单衣要节约一套，两件衬衣要节约一件，一年发一套棉衣改两年发一套，帽子去掉檐，衬衣去掉翻领，单衣口袋由四个减为两个……就这样将节约下来的每一分钱用来搞建设——新疆八一钢铁厂、七一棉纺厂、农一师大光棉毛纺织厂、青松建化厂，还有上百个兵团农场就是靠这种自力更生，艰苦奋斗的南泥湾精神发展起来，形成新疆最初的工业和现代农业。

阿拉尔市三五九旅屯垦纪念馆有一幅老照片，名为《军垦第一犁》，作者是原步兵五师宣传部的袁国祥（1988年被授予少将军衔）。他于1950年3月26日拍摄了步兵五师一部官兵在疏勒县草湖即现在的兵团第三师四十一团（1965年前同属农一师）开荒造田的情形。

纪念馆中还有这样一组老照片，令我们更加怀念那个年代——信念坚定、思想纯洁、作风朴实而又不屈不挠的充满革命激情的年代。照片真实记录了1951年秋步兵五师十四团首届劳模大会的情景：获奖的集体奖锦旗一面，获奖的个人奖西瓜一个。多么简单，多么光荣！这是什么精神？革命的信念和理想闪着圣洁的光辉。凭着对党和人民的忠诚，他们走过了二万五千里长征，打败了日本侵略者和国民党反动派，解放了全中国，然后，不顾鞍马劳顿，顾不上摆宴庆功，顾不上回故乡拜见白发高堂，又如疾风般呼啸着挺进新疆，屯垦戍边，而无一丝怨言。

1950年2月，二军召开首届党代会暨革命烈士追悼大会。在解放西北的过程中，仅二军牺牲官兵5600余名。每每回顾历史我便激动不已，尤其是执笔写到此处，悲怆之情不能自已而任热泪洗面……

四

为永续千秋大业，王震将军从部队进军大西北之初就考虑到部队官兵的婚姻问题。1949年5月，部队在甘肃临洮招收女兵1040名。1950年3月，奉王震将军之命，熊晃将军赴湖南前后两批共招7920名湘女参军，史称“八千湘女上天山”。1952年，招收山东女兵9700余名，史称“万名鲁女进新疆”。1951—1953年间，以调配干部的形式，从四川、陕西省招调有文化的知识女性参军入伍。前后共有2万余名女兵充实到部队，给部队带来了新的气象和活力。很快，这些女兵与部队官兵结成伉俪，尔后，她们成为伟大的兵团母亲。他们的革命后代遍布天山南北，在塔里木已有第三代，甚至第四代。从此，千秋基业后继有人。

兵团屯垦范围迅速扩大，需要大批青壮年补充到兵团各师团。1956年3月开始，前后约有10万河南支边青年浩浩荡荡加入兵团屯垦队伍。1959年3月，首批湖南、湖北青年1500余人到达阿克苏支援边疆建设。20世纪60年代开始，更大规模的屯垦移民潮滚滚而来。1963—1966年连续4年，进疆的上海支边青年达10万人之多，其中第一师占了50%左右。在这期间还有甘肃、河南等省份陆续有灾民进疆。“文化大革命”前，来自福建及东北等省区的复转军人充实到兵团值班部队，还有后来各个时期的复转军人，各省区自行进疆的流动人员，由此形成了“五湖四海兵团人”这样古今中外罕见的军垦大家庭。

阿拉尔，一座距沙漠仅32千米的崭新城市，被人们称为沙漠绿岛。兵团第一师30万农垦人用双手缔造了这座农垦新城，它承载了几代兵团人的梦想——一座属于农垦战士的城市。

在阿拉尔市行政中心大厦的后方，耸立着一座地标性建筑，它便是三五九旅纪念馆。在纪念馆里可以看到贺龙元帅的蜡像和王震将军的雕像以及红军时期的大刀、鸟铳和屯垦时期的农业机械等红色文物。来到这座纪念馆，就如同踏进了中国革命的历史之河。站在塔里木的地图前，看见的是分布于塔里木河两岸的17个农牧团场、3个管理处、1个民族乡、16个农工交建企业（其中2家上市公司）、17个科教文卫事业单位、300多万亩耕地、420亩人造绿洲——总人口30多万的经济实力位列兵团前茅的兵团第一师全景图。

站在纪念馆内兵团第一师垦区水利网络的透明地幕上，直观地看见四大水库以及连接万顷良田的渠网。1954年8月建成通水的胜利渠是兵团第一师最早的水利工程。1952年，王震、陶峙岳将军发布命令，徐国贤、左齐、何家产、任晨4位将军带领官兵挖下修渠的第一锹土。胜利渠通水时，时任水利部部长的傅作义将军亲自剪彩。60多年过去了，如今第一师五大灌区已建立现代化农业产业体系，并成为全国重要的优质商品棉生产基地。

阿拉尔市正在建设新型的工业城市。一个国家级经济技术开发区和三个自治区级工业园已初步建成，并形成强大的经济推动力。同时，一个国家级高新农业园区和数个国家级现代农业示范区，将更牢固地奠定今后阿拉尔发展的基础。阿拉尔市与阿克苏市连续多年为新疆十强县市，并跻身中国西部百强县市。我曾去过阿拉尔农场亩产红枣超过1000公斤的数百亩红枣园，以及亩产籽棉超600公斤的南口农场的千亩棉田，这是高科技农业的成果。还有阿拉尔南口区新型城镇建设，也让人眼前一亮。看到农垦战士居住的数十栋多层和小高层楼房及公园般美丽怡人的大型社区时，我激动不已。回想过去农垦人住的地窝子和土坯屋，真是恍若隔世。这是农垦人创造的奇迹！

这是我梦想中的城市，这是我们农垦人共同编织美好未来的理想之城。站在城市中央生态广场上，我希望这座城市方方面面都渗透着三五九旅的豪迈精神，处处都彰显出屯垦戍边的文化印迹。我期待这座有着光荣传统和独特气质的农垦人的城市更加与众不同，更期盼这座城市有纪念贺龙元帅的广场、王震将军的将军大街以及三五九旅大道等这样最能彰显出城市精神和城市灵魂的街区，把三五九旅精神和农垦文化更好地薪火相传并发扬光大。

三五九旅的历史上曾涌现出贺龙元帅，以及以王震为代表的上将6名，以王恩茂、郭鹏为代表的中将20名，以王义勋、徐国贤为代表的少将98名，其中就有我军第一位女将军李贞少将。他们是共和国的英雄。还有战斗英雄、劳动模范杜立海、尤八路、闫二娃、张耀奎，发明家马国光、聂朝海；还有“塔河五姑娘”“冰峰五姑娘”“湖北铁姑娘班”等屯垦标兵；还有数十万的老军垦、新农垦。他们之中有许多人已长眠地下，但他们的精神已凝聚成一座丰碑，矗立在世界为之瞩目的中国新疆塔里木的大地上。

他们和这片大地一起不朽。

第八章　传说·公主的千间房

我了解和认识新疆的历史就是从这里开始的。新疆阿克苏地区拜城县克孜尔乡东南7千米的木扎特河北岸断崖上，现存236个洞窟的世界遗产克孜尔石窟。这是中国开凿最早、地理位置最西的大型石窟群，它是我在这个世界上最热爱的地方之一。以它为代表的龟兹文化不仅在千年前影响了世界，并且在现今仍然不同程度地影响着人们的现实生活。“龟兹”这个词或可以说就是中国古代西域的缩影。

20世纪80年代，我曾在一个与克孜尔石窟相伴的古老村落里做文化调查，村里的一位年过90岁的老奶奶，给我讲述了一个有关克孜尔石窟的古老传说。这个传说有关爱情有关信仰，也使我们在寻访古迹重温历史中，对龟兹的认知更加丰富，并更加地热爱中国、热爱新疆、热爱拜城。

这是我的奶奶听她的奶奶说的，一代又一代就像现在的情景一样，千百年来对子孙们讲着同样的故事。奶奶的声音仿佛从千年前穿越般缥缈。太阳低垂在西天，昏黄天色的背景下，奶奶瘦弱的身影恍恍惚惚如隔世一般。时光将干麦草种在了奶奶干瘪的嘴唇上，一道道皱褶隐藏着也像干麦草一样多的神奇故事。

洪荒之初，有众多的神祇在周游世界，他们化身现世，有时高贵，有时神圣，更多的时候就如同百姓在你我中间，布施行善。那时的大地混沌，时序反转，经常有神奇之事发生。那天，天空深远，有一千只体形巨大而美丽的大鸟从南方飞来，在渭干河畔的赤色大山上空盘旋，十里之外都能听闻大鸟的鸣叫声。在太阳快要隐藏在雪山背后时，赤色大山散射出万道金光。有一只生着五彩羽毛的大鸟落在山上，原先汹涌的渭干河水在看到了它后，怒潮般翻滚的波涛在那一瞬间仿佛被一双巨大的神奇之手抚平了，变得如含羞少女一般温柔多情。这时，一千只大鸟先后飞落，用长长的喙在石崖上凿了一千个洞窟，然后那只五彩大鸟便飞进了龟兹王宫。龟兹王托提卡说，那里是众神相聚的地方，于是诏令四方，招募天下画师，摹画造像于石窟中。之后，那座山就叫有一千间房的明屋塔格山。

那只五彩大鸟飞入王宫不久，龟兹王后就生下一位非常美丽的公主。五千次的月升日落，伴着晨露与阳光成长的公主，出落得比传说中的仙女还要美丽聪慧，琴棋书画样样出众，吸引了千里之外的王子和贵族王孙带着财宝前来求婚。这些来自异域的少年个个英俊神勇，骑射及琴棋书画无一不精。百姓看着平生从未见过的风貌绝奇的少年，人人赞不绝口。王宫上下笑逐颜开，都说是神灵眷顾。龟兹臣民都盼着公主能选中其中的一位——来自波斯的王子或是印度的皇孙喜结良缘。但龟兹王室却接连三次更改了宣布选定夫婿的日期。人们焦急不安地等待着，终于在罗布花开的时候，听到了王室的宣示——外邦的所有求婚者都被公主拒绝了。龟兹王问她："什么样的少年才能配得上我们高贵的公主呢？"王后问她："什么样的勇士才能配得上我们高贵的公主呢？"公主低着头含羞不语。人们都说，公主是那只五彩吉祥鸟的化身，只有神灵知晓公主的心思。王子们不忍离去，愿在此等候公主回心转意，如果公主婚嫁，则不再相求。

自此之后，公主每日骑一匹白马独自外出，太阳西下时归来。人们常见有似骏马样的白云溯着河水飞向明屋塔格山。千年以来，人们都将这条河称作“白马河”。公主每次归来后，时而喜笑颜开，时而愁肠百转，有时自言自语，有时沉默寡言。龟兹王看后，疑心重重；王后知后，忧心忡忡。龟兹王问她，公主不答；王后问她，公主不语。龟兹王说：公主是王的无价珍宝；王后说，公主是王后的掌上明珠。当玫瑰花盛开时，王后忧伤地问：“王宫里百花只有玫瑰最香，天下的姑娘唯有公主最美。春天的和风赶走了严冬，明媚的春天又调好了幸福的琴弦。我的宝贝呀，为何你美丽的脸上没有笑容？”公主回答：“明屋塔格山金光闪烁，五彩鸟开凿一千个石窟。天下画师遵王命摹画造像，最英俊的要数来自东方的法尔赫德。当我与他第一次相遇的时候，我就为他倾倒。当我凝视着他的眼睛，我的心便阵阵颤抖。白昼在阳光下变得美酒般温暖，深丝绒般的夜色里我们同心相融。但见到他却又觉得遇到了沉重的灾难，我又如何挣脱这爱情苦难的锁链？碎了的心忍受着爱情的百般折磨，它已被爱之剑刺得像纷落的花瓣。”王后听罢，紧抱着公主，泪如雨下：“西方的王子和南方的王孙都盼着公主回心转意，公主若中意其中一位，便可享荣华富贵，荫佑子孙。为何苦恋贫穷的画师，让高贵的公主如此卑微？”公主对母后说：“一切皆因他的爱走进我的心里，爱的誓言已向苍天诉说，我们的爱和信仰至死不渝。”王后又劝说道：“大王不会同意，百姓也将失望。”公主说：“若是没有他，我要这生命做什么？若是没有他，徒要那天堂做什么？面对公主的坚定，王后无奈，便告诉了龟兹王。龟兹王听后大怒，命令卫士严加管护，公主不能越王宫半步！

太阳升起又落下，月亮圆了又亏缺。公主仰天长叹："如果看不到情人，我的眼泪似河水般流淌，那漫天的春雨又算得了什么？如果情人渴慕白马河上的景色，就望望我的泪眼吧，看那河上的清波做什么？如果情人的茅屋里有我的一席之地，那里就是我的幸福，还要那亭台楼阁做什么？"王后听闻，心中不忍，便私放公主去会情人画师。公主飞马直奔明屋塔格山，却不知王后在后面紧随。公主的骏马四蹄踏着白马河微波疾速前行，王后的坐骑在急速奔跑中坠入河水。王后情急之下急呼公主，公主大惊失色，连忙救起母后，两人共骑一匹马疾驰而去。

公主与画师相见相拥而泣，王后看见也禁不住泪水滂沱。

画师对公主说："命运使我在爱的旅途上孤苦不堪，无穷无尽的相思似万箭射碎我的心。"公主向画师诉说相思之苦："无情的漠风吹枯了我这待放的花蕾，脸颊蜡黄顿失往日的光亮和红润。"画师怜惜地抚摸着公主的脸庞："痴情的人儿爱上了貌美的公主，相思之苦时时折磨着不幸的魂灵。"公主说："梦中我的游魂去寻找情人倾诉情思，日夜盼望插上双翼飞到情人身旁。"画师更紧地拥住公主："爱情的烈焰烧得我凄楚难耐，相思的折磨使我无法安眠。啊！每当看到你的倩影我更为悲切，花丛中的百灵你我怎能分离？"

眼看着夕阳西下，公主与画师依依惜别。龟兹王得知王后私放公主与画师约会后，立时震怒，欲惩治画师。王后求情："公主与画师真情相爱，苍天都为之感动。若大王下令惩治画师，恐公主命不久矣！"龟兹王无奈只得允诺：画师必须以一人之力完成一千个石窟的造像，方能与公主成婚！在此期间，两人不得相见。

画师朝着东方的龟兹王宫，悲伤地叹道："对情人的思念仿佛波涛在心中翻腾，愿你我结成幸福眷属相伴终生。即使我不幸先离开人世，我的魂灵也不肯半步离开公主的倩影。"

公主向着白马河苦吟：“我的灵魂已被你带走只剩下躯壳，为爱情我愿献出一切。情人啊，你在哪里？为了得到你的爱我尝尽各种苦难。忧患与共的情人啊，你在哪里？爱的火焰像深夜星光照亮我的心房，我心中的勇士啊，你在哪里?!”

一千个日落月升，当最后的石窟造像完成时，明屋塔格山金光闪耀，众神齐聚祈福。喜讯传来，龟兹臣民齐诵赞美之词，公主梳妆打扮喜迎情郎。而这时却传来噩耗，画师突然口吐鲜血，倒地不起。

公主悲痛欲绝。她怀抱着画师，泪如泉涌：“上苍！这光明的世界转瞬就变成漆黑的暗夜！我的爱人呀！即使上天让我死一千次，我也不痛惜，但让我不能忍受的是挚爱的情人在我怀里永远泯灭。”公主的悲凄哀痛使群山静默，河水呻吟。公主仰天长叹：“啊！此生与君不能好合，我期待着在梵天与君长相伴。”言毕，化为石山。顿时崖壁崩裂，山泉涌出，似千人洒泪，后人称之“千泪泉”，至今不涸。而画师造像的石窟则名为“公主的千间房”——克孜尔石窟。公主名西琳，画师名法尔赫德。公主西琳与画师法尔赫德的故事流传千年，至今仍被那里的人们传颂……

伴着奶奶的一声长叹，令人扼腕叹息的故事在昏黄的灯火中结束了。我看见奶奶枯干的双眼中似有晶莹透亮的泪珠滑落。在长长的沉默中，我无言以对。那声长叹似在诉说心中的不甘：让暮色中的哀痛浸透我的泪水。奶奶的苍苍白发在暗处微微颤动着，透露出的不仅仅是忧伤，更多的是对爱情的执着和守望。岁月的风掠过奶奶的身体，吹弯了奶奶的腰背，吹白了奶奶曾经的黑发，也吹拂着世界上的每一个人，把光阴留在皱纹里也留在传说中。“奶奶，这里要建水库了，村里的人都搬去移民新村了，您为什么还不走啊？”我问道。奶奶看着我，微微地笑了，面孔似是鲜花盛开般在这一刹那间灿亮了。然后她扭过头，定定地望着窗外深邃的夜空，许久，喃喃地说："离开了，也许再也见不到了……"

再也见不到了……望着奶奶隐在昏黄灯火下的似幻景般苍老的面容，我的心境苍凉如水，任凭暮色渗透我隐忍的悲伤。

人的一生，只是为了见到……我在心里重复着奶奶的话：离开了，也许再也见不到了……在那一刻，我似乎悟到了——也许这便是人生的全部意义。